III

TINA CASPARI

Traumjob – Liebe inbegriffen

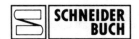

Die Deutsche Bibliothek – CIP-Einheitsaufnahme

Kuschelrock. – München : F. Schneider.

9. Traumjob – Liebe inbegriffen / Tina Caspari. – 1996
ISBN 3-505-10493-0

Dieses Buch wurde auf chlorfreies,
umweltfreundlich hergestelltes
Papier gedruckt

© 1996 by Franz Schneider Verlag GmbH
Schleißheimer Straße 267, 80809 München
Alle Rechte vorbehalten
Mit freundlicher Genehmigung von Sony Music Entertainment
Germany GmbH, Frankfurt
Titelfoto: Sony Music Entertainment Germany GmbH
Umschlaggestaltung: ART-DESIGN Wolfrath, München
Herstellung: Gabi Lamprecht
Satz: Ludwig Auer GmbH, Donauwörth, 10˙ Garamond
Druck: Presse-Druck, Augsburg
Bindung: Conzella Urban Meister, München-Dornach
ISBN 3-505-10493-0

1

Ohne mich, denkt Mischa und bewegt die vor Kälte klamm gewordenen Zehen. Ich steige aus dem Weihnachtskarussell aus. Sonne, Seeluft, Abenteuer heißt die Devise. Und abends bin ich mein eigener Rauschgoldengel. Gala-Diners, Captain's Dinner, Nacht der Phantasie und Disco Night. Samba-Rhythmen in Rio und flüsternde Palmen am Strand von Barbados. Und für den Spaß werde ich auch noch bezahlt. Hosteß! Reiseleiterin! Hört sich gar nicht so schlecht an. Ich schaffe das schon. Klar schaffe ich es. Und wenn ich zurückkomme, hat Papi den Christbaum gekauft und Plätzchen gebacken. Wir werden beieinandersitzen, und ich werde von meiner Reise erzählen. Ganz kuschelig, bei Glühwein und Kerzenlicht. Das heißt, wenn Helen uns läßt. Wenn Helen Papi nicht schon total verplant hat.

Mischa läßt sich von dem Menschenstrom in den Eingang des Kaufhofs treiben und fährt mit der Rolltreppe ins Untergeschoß. Die bleistiftdünnen Plastikgriffe der Tüten und Netze, die sie seit Stunden mit sich herumschleppt, schneiden in die Finger, ihre Füße haben trotz wollener Leggings und dicker Sohlen an den Stiefeln dem naßkalten Wetter nicht standgehalten und fühlen sich an, als seien sie sanft entschlafen.

Wo ist die verdammte Fahrkarte? Natürlich ganz unten im Netz, unter den Schuhkartons, die sie mit so viel Gewaltanwendung da hineingepreßt hat, daß sie sie später vermutlich herausschneiden muß. Mischa schlüpft hinter einer Frau mit Kinderwagen durch die Glastür hinaus und kramt in ihrer Handtasche nach Geld für den Fahrscheinautomaten.

Sie schafft es gerade noch, sich in den haltenden U-Bahn-Zug zu drängen. Im Waggon stehen wie immer alle an der Tür, obgleich in der Mitte viel Platz ist. Mischa windet sich durch die Menge am Bahnsteig Giselastraße.

Vorsichtshalber zählt sie die Tüten und Netze. Alles noch da. Aus der Tür des Nachbarwaggons boxen sich zwei bekannte Gestalten. Zwei aus der Clique, Kunstgeschichte und Archäologie im dritten Semester.

„He, Mischa! Bist du lebensmüde, in der Rush-hour umzuziehen?" Lisa deutet lachend auf Mischas Warenansammlung. „Mehr ging wohl nicht, wie?"

„Du wirst lachen, alles für den neuen Job. Ich hab vielleicht einen Tag hinter mir! Hast du schon mal im November Sommersachen gekauft? Versuch es nie!"

Bernd betrachtet interessiert die zahlreichen Gepäckstücke an Mischas immer lahmer werdenden Armen, ohne auf die Idee zu kommen, ihr etwas abzunehmen. „Reiseleitung – kannst du das denn?"

„Konsul Weißgans, mein zukünftiger Brötchengeber, ist jedenfalls optimistisch, was das betrifft. Ich hoffe, er behält recht. Wenn nicht, werdet ihr mich vermutlich bald wiedersehen. Um eine schmerzliche Erfahrung reicher. Du hast nicht zufällig Lust, mir die Dinger nach Hause zu tragen?"

Daß Bernd sporadisch an Gehörstörungen leidet, hat Mischa schon früher festgestellt. Jetzt ist er von Taubheit befallen. „Was ist denn das für ein Konsul?" erkundigt sich Lisa.

„Genau kann ich dir das auch nicht sagen. Ein Vetter von Helen."

„Der Freundin deines Vaters?"

„Hm. Er hat einen Haufen Geld mit Öltankern verdient und will sich jetzt einen heimlichen Traum erfüllen. Kreuzfahrtschiffe, Luxusklasse, ganz was Besonderes. Wenn du ihn reden hörst, glaubst du, er wolle einen Hollywoodfilm produzieren. Von jedem etwas, und alles vom Besten: Bildungsreise plus große Show."

„Nimm's mir nicht übel, aber warum engagiert er sich keinen Profi?"

„Hatte er, lieber Bernd, hatte er! Frisch der Konkurrenz weggeschwatzt. Leider hat sich's die Dame im letzten Moment doch wieder anders überlegt. Der Konsul hat sich darüber bei Helen ausgeweint, und die hatte nichts Besseres zu tun, als ihm mich einzureden."

„Das klingt nicht sehr begeistert."

„Bin ich auch nicht. Sonne, Meer, große weite Welt – gut und schön, aber schließlich ist der Job kein Zuckerlecken. Ich hab einen ganz schönen Bammel davor. Wenn ich hier nicht gerade an einem ziemlich toten Punkt wäre – ich hätte lieber weiterstudiert."

„Kann ich mir denken, du bist viel zu introvertiert für so was! Reiseleiter, da mußt du ein ausgesprochen toller Typ sein, bei dem die Klappe nie stillsteht", bemerkt Bernd weise. „Immer ein heißer Spruch auf den Lippen und so. Warum stellst du die Tüten nicht ab, du hast schon ganz weiße Finger!"

„Ach, wirklich? Aber wenn man die Biester hinstellt, fällt alles raus. Ich mache lieber, daß ich nach Hause komme. Seid ihr heute abend beim Stammtisch?"

„Klar. Kommst du?"

„Mal sehen, vielleicht. Ciao!" Mischa stapft durch die Pfützenlandschaft nach Hause.

Helen ist noch da. Ihr silberfarbener Golf parkt halb auf dem Bürgersteig, schräg vor Papis Ford, als wolle er ihn an der Flucht hindern.

Während Mischa in der Handtasche nach dem Hausschlüssel

sucht, gleitet ihr Blick nach oben, vorbei an den steinernen Löwen rechts und links von der Tür und der vollbusigen Dame ohne Unterleib, die aussieht, als hätte sie in der Eile den Ausgang verfehlt und wäre wie von einer Rakete getrieben durch die Wand gebrochen. Unsere Concierge, pflegt Papi Besuchern zu sagen.

In Papis Schlafzimmer brennt Licht. Also ist Vorsicht geboten. Mischa drückt ein paarmal kurz auf die Klingel, um sich anzukündigen, und steigt betont langsam die Treppe hinauf. Wenn sie oben ankommt, wird Papi tun, als habe er Helen einen Riß in der Tapete oder seine zu knapp gewordenen Sakkos vorgeführt. Und Helen wird alles tun, um zu zeigen, daß er das nicht getan hat.

Zu ihrer Überraschung findet Mischa Helen in der Küche vor, wo sie eine von Papis Hosen bügelt. Helen beim Bügeln zu sehen ist etwa so, als entdecke man an der Ladenkasse im Supermarkt ein Zebra.

„Hallo!" sagt Helen unnatürlich heiter. „Na, wie war's? Erfolg gehabt?"

„Ich denke schon. Bis auf ein paar Kleinigkeiten habe ich alles. Wo ist Papi?"

„Muß gleich zurück sein. Er ist nur schnell zur Post hinüber, ein paar Einzahlungen erledigen."

Helen hat ihn also erwischt. Hat auf seinem Schreibtisch gestöbert und mit sicherem Griff ein paar Mahnungen unter dem Wust unerledigter Post rausgefischt. Recht geschieht es ihm! Trotzdem ärgert es Mischa. Was gehen Helen ihre unbezahlten Rechnungen an!

Papi ist nun mal so. Lieb, weltfremd und chaotisch. Mischa hat ihn seit langem im Verdacht, daß er nur deshalb Hochschullehrer geworden ist, weil ihm das die Flucht in die Rolle des vertrottelten Professors erlaubt. Und dann noch Kunstgeschichte.

Schon ein halber Künstler. In seinem Fachwissen ist er unschlagbar. Genau wie als Koch und Feinschmecker. Über den Rest kann man nur den Mantel christlicher Nächstenliebe decken. Das macht ihn so rührend abhängig. Früher von Mami. Und nach Mamis Flucht aus der ehelichen Zweisamkeit von Mischa.

Sie haben ein paradiesisches Leben geführt, Mischa und er. Zwei eingeschworene Kumpel. Bis Helen auftauchte. Seit der Zeit kriselt es zwischen ihnen.

Mischa nimmt ihm nicht übel, daß er eine Freundin hat. Noch dazu eine so attraktive. Schließlich hat Mami ihn verlassen, und sie sind geschieden, also was soll's. Aber sie nimmt ihm übel, daß er tut, als wäre Helen nichts als eine aufopfernde, hilfsbereite Bekannte, der er aus Gutmütigkeit gestattet, sich um seine Angelegenheiten zu kümmern. Dafür hat er schließlich Mischa. Jedesmal dieses Affentheater, um zu vertuschen, daß sie miteinander geschlafen haben! Die törichten Schwindeleien, wenn er über Nacht fortgeblieben ist. Wie viele seiner armen Kollegen haben schon als Alibi herhalten müssen. Lächerlich.

„Ich habe dir die versprochenen Sachen ins Zimmer gelegt", sagt Helen. „Bin gespannt, ob sie dir passen. Hoffentlich gefallen sie dir überhaupt."

„Klar werden sie das. Du hast doch nur Top-Spitze-Klamotten! Ich schau sie mir gleich mal an. Oder soll ich dich da ablösen – mit der Hose?"

„Unsinn, ist ja schon fast fertig. Er soll den Anzug nachher anziehen, zur Vernissage bei Schönholtz. Ich weiß nicht, ob er mit der Hose in der Badewanne oder im Kleinhesseloher See war, jedenfalls sind die Bügelfalten total hinüber."

„Er hat einen Waldspaziergang damit gemacht. Du solltest erst mal die Schuhe sehen!"

„Übrigens, wie findest du die?" Mischa ist es gelungen, die

Schuhschachteln aus dem Einkaufsnetz zu befreien, sie wickelt ein Paar modische Sandalen aus Wolken von Seidenpapier.

„Toll! Ein guter Kauf!"

Mischa freut sich, obgleich sie auf ein Lob von Helen eigentlich keinen Wert legen möchte. Ebenso wie sie nicht besonders scharf darauf ist, Helens Kleider spazierenzutragen. Leider bleibt ihr keine andere Wahl, denn ihre eigene Garderobe ist weit davon entfernt, als Ausstattung für eine Kreuzfahrt auf einem Luxusschiff dienen zu können.

Helen muß einen ganzen Schrankkoffer voller Sachen hertransportiert haben. Auf Mischas Bett, an ihrem Schrank, auf Stühlen, auf dem Fensterbrett und dem Schreibtisch, sogar an der Tür, hängen, liegen, türmen sich Kleider, Röcke, Blusen, Hosen, Accessoires vom Sonnenhut bis zu einem Dutzend modischer Ketten.

Kleider kaufen, die sie dann höchstens einmal anzieht, ist eine der wenigen Schwächen, die Helen besitzt. Sie kompensiert damit – wie sie in regelmäßigen Abständen lächelnd beteuert – ihren Minderwertigkeitskomplex bezüglich des nicht vorhandenen akademischen Grades, der eigentlich ein Bestandteil ihres Lebens- und Karriereplans war.

Ansonsten ist Helen so fabelhaft, daß einem so viel Fabelhaftigkeit nur auf den Wecker gehen kann. Sie ist schön, gepflegt und sexy, beruflich erfolgreich und gebildet. Sie ist ein Muster an Selbstdisziplin, ißt und trinkt nie mehr, als ihrer Figur guttut, und selbst ein Erdbeben würde sie nicht von ihrer Morgengymnastik abhalten. Kurz, sie bewegt sich auf dem schmalen Grat zwischen Traum- und Alptraumfrau. Bei Mischa überwiegt der Alp.

Ratlos wühlt sie in der Pracht mit Firmenschildern bekannter Designer. Dann schält sie sich aus ihren Jeans und beginnt anzuprobieren.

Mischa tänzelt vor dem Spiegel hin und her, dreht sich, zieht eine richtige Show ab und berauscht sich an Seidigem, Flatterndem, an kostbarem Leder und hauchdünnem Chiffon, an schlangenhaft Schmeichelndem und übermütig Schwingendem. Sehen Sie her, meine Herrschaften, Ihre Reiseleiterin! Sie ist nicht nur hübsch und toll angezogen, Sie haben die Ehre, die Führungen unter der Leitung einer angehenden Kunsthistorikerin machen zu dürfen.

„He! Was ist los? Komm rein, Paps!" ruft Mischa zur Tür.

„Ach, du bist das. Ich dachte einen Moment, du hättest Besuch. Du siehst so fremd aus."

„Nicht wie Helen?"

„Überhaupt nicht, wieso?"

„Weil das ihr Kleid ist. Dann bin ich beruhigt. Hast du auch die Bücherrechnung bezahlt? Ich dachte, du wärst auf der Post gewesen, was einzahlen? Helen sagte so was."

„Das wollte ich, ja."

Mischa läßt den Seidenschal sinken und sieht ihren Vater durchdringend an. „Was hast du gekauft?! Gestehe!"

„Warum soll ich was gekauft haben?"

„Ich kenne dich – also was?"

„Die sechs Gläser, du weißt schon, aus dem 17. Jahrhundert, von dem böhmischen Fürsten Wla ..."

„Papi!"

„Es ist wirklich eine einmalige Gelegenheit, sie sind fast das Doppelte wert! Und ich kriege in ein paar Tagen sowieso den Vorschuß für das neue Buch."

„Auf dem Schreibtisch lagen zwei Rechnungen und drei Mahnungen! Und von dem Vorschuß sollte der Wagen in die Reparatur! Der TÜV ist seit vier Wochen überfällig! Du hast es mir versprochen, Papi!"

„Nun sei doch nicht so kleinlich. Du bist einfach nicht in der

Lage, die Dinge in größeren Zusammenhängen zu sehen. Ich gehe mich jetzt umziehen, wir müssen gleich weg."

„Bleibst du heute bei Helen?"

„Helen und ich sind nach der Vernissage beim Konsul zum Essen eingeladen", sagt Papi steif.

„Aha, du wirst also schon voll in die Familie integriert, gratuliere."

„Wir haben eine Menge gemeinsamer Interessen. Unter anderem hat er mir vorgeschlagen, mit ihm in den ‚Club Kochender Männer' einzutreten. Und am Wochenende soll ich ihn in seinem Haus am Chiemsee besuchen."

„Das geht nicht, am Wochenende brauche ich den Wagen. Falls er bis dahin nicht zusammengebrochen ist. Du weißt, ich habe versprochen, Mami zu besuchen, bevor ich abfliege."

„Selbstverständlich. Wir fahren mit Helens Wagen."

„Warum sagst du dann, du wärst eingeladen, und nicht gleich, ‚wir sind eingeladen'? Du tust immer, als hätte ich was dagegen, wenn du mit Helen zusammen bist."

Dieser unterirdische Partisanenkampf ist idiotisch, denkt Mischa, als ihr Vater das Zimmer verlassen hat. Wenn ich zurückkomme, suche ich mir eine eigene Wohnung. Dann ist Schluß mit den Reibereien und Sticheleien. Soll er doch mit Helen zusammenziehen, ich habe keine Lust mehr, mich wie ein abgedanktes Kindermädchen zu fühlen. Auch wenn's mir verdammt sauer werden wird, hier auszuziehen.

„Na?" Helen steckt den Kopf zur Tür herein, das Gesicht ganz liebevolles Einverständnis – große Schwester, hilfsbereit in allen Lebenslagen.

„Deine Sachen sind super! Und passen wie für mich gemacht! Sag mal, ich darf mir wirklich aussuchen, was ich will?"

„Sonst hätte ich sie nicht mitgebracht."

„Und wenn was kaputtgeht?"

„Dann habe ich wenigstens einen Grund, mir was Neues zu kaufen. Mir fehlt schon lange mal wieder eine gute Ausrede für einen Trip durch die letzten Designerläden."

Mischa hat das Gefühl, sie müsse Helen für ihre Großzügigkeit ein paar Streicheleinheiten verpassen. „Du siehst phantastisch aus! Dieses dunkle Braun steht dir unheimlich gut!" sagt sie, obgleich sie bei einem Lob für Helen vor lauter innerer Abwehr pelzige kleine Widerhaken auf der Zunge spürt.

Helen lacht geschmeichelt. „Wir gehen jetzt, okay? Und kümmere dich noch ein bißchen um deine ‚Schularbeiten'. Du hast eine Menge Stoff zu verdauen bis zur Abreise. Wenn du unterwegs bist, hast du keine Zeit mehr, um dich vorzubereiten."

„Das sagtest du mir bereits mehrfach. Mach dir keine Sorgen, ich weiß schon, was ich zu tun habe!"

„Sei nicht gleich so gereizt. Ich meine es doch nur gut!"

„Helen! Ich bin erwachsen!"

„Schon gut. Also, bis morgen!"

„Ciao! Habt einen schönen Abend! Übrigens – er hat die Rechnungen nicht bezahlt", kann sich Mischa nicht verkneifen zu sagen.

Helen starrt sie einen Augenblick ungläubig an. Dann dreht sie auf dem Absatz um und macht einen Blitzstart zu Papi, der vor dem Garderobenspiegel mit seiner Krawatte kämpft.

Verzeih, denkt Mischa. War nicht sehr fair von mir, aber ich mußte einfach Dampf ablassen. Wenn Helen plötzlich auf Mutter schaltet, brennen bei mir die Sicherungen durch.

Als Mischa den verräucherten Kellerraum des *Känguruh* betritt, sitzen bereits alle am Stammtisch.

„Einen Rotwein!" ruft Mischa zur Theke hinüber und schlängelt sich zwischen den dichtbesetzten Tischen hindurch. Das

Begrüßungshallo umfängt sie wie ein warmes Bad. Alle Nervosität weicht augenblicklich von ihr. Hier im *Känguruh* ist seit Jahren ihr zweites Zuhause.

„Da bist du ja endlich! Hilf mir, mein Hammelragout zu verteidigen, die Bande läßt mir keinen Bissen übrig!" ruft Lisa. „Christian, nimm sofort deine Pfoten von meinem Teller!"

„Komm her, große Weltreisende, setz dich zu mir!" sagt Ulli und läßt Grübchen und Zähne blitzen, daß jede andere dahinschmelzen würde wie ein Stück Eis in lauwarmem Campari. Mischa allerdings hat den Test, was sich hinter Ullis umwerfendem Charme verbirgt, schon hinter sich. Das Ergebnis war niederschmetternd. Ulli rückt ein bißchen zur Seite und zieht sie auf die Bank neben sich. Sein Arm hat etwas von einer Boa constrictor. „Na, wie fühlen wir uns heute?"

„Beschissen. Ich bin total fertig. Aber deshalb brauchst du mich nicht festzuhalten, ich falle schon nicht vom Stühlchen."

„Freust du dich nicht auf das große Abenteuer?"

„Ich weiß nicht. Mal kann ich's nicht erwarten, mal packt mich die große Panik. Im Grunde genommen kann ich es mir überhaupt nicht vorstellen, es ist alles ... na, irgendwie unwirklich. Ganz weit weg ..."

„Das hat die Karibik nun mal so an sich", bemerkt Vera trocken. „Wann geht's denn los?"

„Nächste Woche. Vorher muß ich noch zu meiner Mutter, na, und dann Paß abholen, impfen lassen, tausend Sachen erledigen, all den Quatsch. Hauptsächlich pauken. Ihr könnt euch gar nicht vorstellen, was ..."

Aber sie hören schon nicht mehr zu. Jörg erzählt von seiner Assistentenstelle, die er heute bekommen hat. Und dann reden sie über Professoren und Vorlesungen, über Jobs und Wohnungsprobleme, über Gruppen und Initiativen – es ist alles wie immer. Stallwärme breitet sich aus, Zusammengehörigkeitsgefühle. Das war in der Schulzeit so, und jetzt in der Uni ist es nicht anders.

Mischa ertappt sich dabei, daß sie nur gelangweilt zuhört. Sie kennt die Sprüche auswendig. Daß den anderen das nicht zum Halse heraushängt? Gleich wird das Thema „wer mit wem" drankommen und schließlich die Ferien. Skigebiete sind ein unerschöpfliches Thema, und wo wer wann für wie wenig Geld einen optimalen Urlaub verbracht hat. Mischa trinkt ihren Rotwein und döst vor sich hin.

Christian ereifert sich über einen Dozenten, der regelmäßig zu spät zur Vorlesung kommt. Dabei ist er selbst noch nie pünktlich gewesen. Aber er hat natürlich immer gute Gründe. Vera und Poldi giften sich an, wie so oft, seit sie geheiratet haben. Mischa läßt ihren Kopf auf Ullis Schulter sinken und schließt die Augen. Nach ein paar Sekunden schreckt sie hoch. Fast wäre sie eingeschlafen. „Ich muß gehen", murmelt sie. „Hab noch eine Menge zu tun."

Mischa und Ulli zwängen sich aus der Ecke, klopfen auf den Tisch, schauen grüßend in die Runde. Vor der Tür sieht sich Mischa nach Ullis Ente um. Ulli steuert auf einen dunkelblauen Mercedes zu, spielt lässig mit den Schlüsseln und schließt die Beifahrertür auf.

„Stark. Gehört der deinem Vater? Mutiger Mann, das muß man ihm lassen, daß er dir sein bestes Stück anvertraut." Mischa kuschelt sich wohlig in den bequemen Sitz, während Ulli sich fluchend daran macht, den schweren Wagen aus der viel zu kleinen Parklücke hinauszubugsieren. Er tut das hauptsächlich nach Gehör. Mischa atmet auf, als sie auf der Fahrbahn sind und Ulli mit hundertzwanzig auf die rote Ampel zuschießt, um sich im nächsten Moment mit geräuschvollem Bremsen in Szene zu setzen. Ullis Fahrweise scheint überhaupt nur aus Vollbremsungen und kreischenden Starts zu bestehen.

„Ist dein Vater zu Hause?" erkundigt er sich, als sie vor Mischas Haus halten.

„Nein. Seit wann interessierst du dich für meinen Vater?"

„Tu ich ja gar nicht." Ulli läßt die Grübchen spielen und greift nach Mischas Busen.

„Tut mir leid, mein Schatz, da läuft nichts mehr", sagt Mischa ruhig und schiebt Ullis Hand zurück aufs Lenkrad.

Ulli versucht es nun mit beiden Händen und bearbeitet zugleich Mischas Ohrläppchen mit den Zähnen.

„Nein, verdammt noch mal, habe ich mich nicht klar ausgedrückt?"

„Was ist denn los mit dir? Warum bist du in letzter Zeit so komisch?

„Ich habe keine Lust, das ist alles."

„Aber ich habe Lust, die reicht für uns beide."

Ulli versucht es noch einmal mit Mischas Busen.

Mischa haut zu. Nicht hart, aber unmißverständlich. „Herrgottnochmal! Kannst du das nicht verstehen? Ich bin hundemüde, ich habe Sorgen, ich muß einen Haufen Zeugs lernen und will ins Bett. Aber allein und nicht mit einem Egoisten, der jede Woche eine neue Puppe braucht, damit ihn seine Spielchen nicht anöden. Und damit er sich hinterher stolz auf die Schulter hauen kann und sich gratulieren, was er doch für ein toller Kerl ist. Kapiert?"

„Schade. Ich mag dich nämlich. Du bist große Klasse. Wenigstens einen Gutenachtkuß?"

„Du bist unverbesserlich." Mischa drückt ihm einen mütterlichen Kuß auf die Stirn. „Danke schön fürs Heimbringen. Und fahr den Superschlitten nicht zu Schrott, wenn's geht."

„Mit wem hast du's eigentlich zur Zeit?" fragt Ulli neugierig.

„Es geht dich zwar nichts an, aber wenn du's unbedingt wissen willst: mit niemandem."

„Das gibt's doch nicht."
„O ja. Könnte doch sein, daß mir keiner über den Weg gelaufen ist, der meinen Ansprüchen genügt, oder?"
„Worauf wartest du denn? Auf die große Liebe?"
„Quatsch. Im Augenblick genieße ich meine Freiheit. Du kannst dir gar nicht vorstellen, wie schön es ist, mal nur das zu tun, was man selber möchte."
„Zum Beispiel nach Übersee fliegen."
„Zum Beispiel. Gute Nacht, Ulli."
Ulli ist sauer. „Wenn du einen findest, auf den du voll abfährst, schreib mir 'ne Postkarte!" ruft er ihr nach. „Würde mich interessieren, wie der Typ aussieht! Echt!"

2

„Ich störe doch nicht?"
„Ach was. Wo du schon mal da bist, komm rein." Veruschka zieht die Kordel ihres Bademantels über dem Bauch zusammen, schlägt den Kragen hoch, als fröre sie, und zieht Mischa in die Wohnung. „Gehen wir in die Küche, ich mache uns einen Kaffee."
„Nicht nötig, Wasser reicht mir. Du hast doch sicher was da? Ich bin völlig fertig", stöhnt Mischa und steuert auf die Wohnzimmertür zu.
„Küche habe ich gesagt", warnt Veruschka.
„O pardon, ich hätte es mir denken sollen – deinem Aufzug nach zu schließen. Dein Spanischlehrer?"
„Ach, der", Veruschka winkt müde ab. „Eine absolute Null. Hübsch, sonst gar nichts. Nicht mal Spanisch konnte er."
„Woher willst du das wissen, du kannst es doch auch nicht."

„Reine Vermutung. Wer so dämlich ist, kann unmöglich so was Schwieriges wie Spanisch!"

„Na, immerhin ist es seine Muttersprache." Mischa hat sich auf einen Küchenstuhl fallen lassen und streckt die Beine erschöpft von sich.

Veruschka räumt mehrere Packungen Tiefkühlkost, eine angebrochene Dose roten Kaviar und einen angebissenen Apfel aus dem Eisfach ihres Kühlschranks. Sie wundert sich über den Apfel, den sie schon überall gesucht hat, und fördert schließlich eine Flasche Mineralwasser zutage. „Da stärken wir uns. Reich mal die Gläser vom Bord."

„Und wer ist es jetzt?" erkundigt sich Mischa, während Veruschka die Gläser füllt.

„Mein Gitarrenlehrer."

„Kenne ich den?"

„Glaube ich nicht. Aber er ist ein Schatz. Echt zum Fressen."

„Aha. Darum siehst du so gut gesättigt aus."

„Was denkst du denn! Wir haben den ganzen Nachmittag gearbeitet!"

„Oh, wirklich? Wie konnte ich nur daran zweifeln!" Mischa betrachtet die Freundin amüsiert. Veruschka sieht umwerfend aus. Von Kopf bis Fuß Porzellan, zart pastellfarbene Durchsichtigkeit, von der Haut Marke Milch-und-Honig bis zu dem rötlich schimmernden Haar und den aquamarinblauen Augen. Sie haben sich auf einer Modenschau kennengelernt, auf der Mischa Sportmodelle vorführte. Veruschka machte die Fotos. Mischa hatte fassungslos beobachtet, wie das scheinbar so zerbrechliche Mädchen auf der einen Schulter einen Akku von mehreren Kilo Gewicht, auf der anderen eine Tasche voller Material und in den Händen ein Monstrum von Kamera trug, ohne daß es ihr das geringste auszumachen schien. Stundenlang hatte Veruschka fotografiert, und während die Models eine nach der anderen wie die müden Fliegen an die Wand gelehnt am Boden hockten, schien sie immer munterer zu werden.

Mischa war bald dahintergekommen, daß sich unter Veruschkas zartem Äußeren ein Wille aus Granit verbarg.

„Was ist mit dir los? Du wirkst so down?" erkundigt sich Veruschka.

„Ich komme gerade vom Impfen."

„Na und? Das ist nun mal so, wenn man um die Welt reisen will. Habe ich auch schon ein paarmal hinter mich bringen müssen."

„Sicher, so schlimm ist es nicht. Vielleicht war es das stundenlange Warten zwischen all den Leuten. Oder ... ach, es ist wohl einfach der Schiß vor der Reise. Ich bin nun mal nicht der Typ Alleinunterhalter, der lässig einen Haufen Leute bei Laune hält." Mischa zieht eine Grimasse. „Aber du mußtest mir ja unbedingt zuraten! Mal um die Welt düsen! Keine Gelegenheit auslassen, die Männer nehmen, wie sie fallen! Bei dir wäre das was anderes, du bist darauf programmiert, aber ich? Weißt du, was ich von morgens bis abends tue?" Mischa steht erregt auf und beginnt zwischen Tür und Fenster hin- und herzulaufen.

„Keine Ahnung. Abschied feiern vermutlich."

„Pauken! Mehr als ich fürs Studium je gepaukt habe. Die Namen und Berufe meiner Reisegesellschaft, die Geschichte der Länder, die wir ansteuern, die genauen Angaben sämtlicher Sehenswürdigkeiten, die technischen Daten des Schiffes, Zollbestimmungen, Gesundheitsbestimmungen, Anekdoten, mit denen man die Stimmung retten kann, wenn etwas schiefgelaufen ist, Währungseinheiten, Wechselkurse, klimatische Bedingungen..."

„Hör auf! Ich kann's mir schon denken. Herrgott noch mal, nimm's doch nicht so genau! Erzähl ihnen, was du willst! Wer prüft denn wirklich nach, ob auch alles stimmt, wenn er sich amüsiert? Warte ab, wenn du erst mal unterwegs bist, läuft alles wie von selbst. Warum hat dein komischer Konsul eigentlich ausgerechnet dich ausgesucht für diesen Job? Ich meine, warum hat er sich keinen Profi genommen?"

„Hat er ja – aber die Dame ist in letzter Minute abgesprungen. Und jemand anders war nicht zu bekommen. Außerdem hat mich die liebe Helen bis in den Himmel gelobt, um mich ihm anzuhängen."

„Die Freundin deines Vaters? Die mit der Fabrik? Hoffentlich fährt sie nicht mit!"

„Von wegen! Die will Papi endlich mal für sich allein haben. Das ist es ja!"

„Und du gönnst ihr den Spaß nicht. Das ist aber nicht nett von dir!" albert Veruschka und gießt sich noch ein Glas Wasser ein.

Mischa starrt düster auf die Galerie leicht fettiger und angestaubter Gewürzdöschen auf dem Bord über dem Herd. Worte wie *Cayennepfeffer, Madrascurry* und *Chili* prägen sich ihr wie eine finstere Drohung ein. Gedankenverloren blickt sie die Freundin an.

„Was ist das eigentlich für eine Linie?" erkundigt sich Veruschka.

„Die *White-Swan-Line*. Ein eben erst geborenes Kind. Nennen wir es das Wunschkind eines Mannes, der viel Geld mit Öltankern und Frachtern verdient hat und sich nun einen Jugendtraum erfüllt. Er startet das Unternehmen mit zwei Schiffen. Eines umrundet Afrika, das andere befährt die südamerikanische Küste und kreuzt durch die Karibik. Wenn ich dir sage, daß er das eine Schiff *Schwanensee* und das andere *Aurora* genannt hat, kannst du dir ein Bild von seinen Ideen machen."

„Märchenhaft. Na, zugegeben, wenn ich Weißgans hieße, würde ich mich auch zu Schwänen hingezogen fühlen. Der

Trieb zum Höheren. Die Schiffe hat er übrigens von einem in Konkurs gegangenen Konkurrenten übernommen. Mitsamt der Besatzung. Wenigstens sie sind Profis. Aber gerade vor denen werden wir uns total lächerlich machen. Du solltest den Prospekt sehen, den er entworfen hat! Die Freizeitprogramme! Und das, wo ich so ein Partymuffel bin ..."

„Die Leute werden es toll finden, wetten? Ach, Mischa, nun mach doch nicht so ein verbiestertes Gesicht! Was erwartest du eigentlich von mir? Daß ich dir sage, schmeiß den ganzen Kram hin und such dir einen anderen Job?"

„Ich weiß es selbst nicht. Ich glaube, ich wollte einfach mal mit Genuß jammern und mich trösten lassen."

„Trösten – ach du lieber Himmel, habe ich total vergessen! Ich hab doch drüben jemanden abgestellt! Entschuldige mich eine Sekunde!"

Veruschka rutscht mit der ihr eigenen unnachahmlichen schlangenhaften Bewegung vom Stuhl und gleitet nach draußen. Mischa hört eine Tür klappen, ein paar Worte heftigen männlichen Protests, der von irgend etwas sehr plötzlich gestoppt wird, dann nur noch leises Flüstern und unterdrücktes Lachen.

Das Trösten zieht sich in die Länge. Als Veruschka nach zwanzig Minuten immer noch nicht zurück ist, kritzelt Mischa einen Gruß auf den Einkaufsblock neben der Tür und verläßt leise die Wohnung.

Der Himmel hängt bleigrau und schwer über den Dächern, als müsse er sich abstützen. Einzelne Schneeflocken segeln durch die Luft wie winzige weiße Insekten. Vielleicht wird alles besser, wenn die Sonne scheint, denkt Mischa. Im Sommer lebt sich's einfach leichter.

Einen Tag später rollt Mischa auf der Autobahn nach Norden. Ihre Mutter wohnt in einem kleinen Dorf außerhalb der Stadt.

Mit ein paar Gleichgesinnten hat sie eine Art WG gegründet und einen Bauernhof bezogen, auf dem sich nun eine Töpferei, ein Antiquitätenhandel und eine Kunstgalerie befinden. Außerdem vermieten sie Räume für wechselnde Therapiegruppen.

Mischa fährt in den Hof ein und drückt heftig auf die Hupe. Ihre Mutter erscheint am Fenster, winkt und legt warnend den Finger auf den Mund. Ach so. Vermutlich tagt da irgendwer im Gruppenraum. Mischa beginnt ihr Gepäck aus dem Kofferraum zu holen.

„Da bist du ja, mein Kleines! Schön, daß du da bist!"

Mischa läßt sich von ihrer Mutter in die Arme nehmen und küssen. Zwischen ihnen herrscht stets eine gewisse Befangenheit. Dabei könnte Mischa nicht einmal sagen, daß sie ihre Mutter nicht mag. Sie sieht sehr gut aus für ihr Alter und besitzt Intelligenz und Witz. Wenn sie nur nicht immer so gräßlich total wäre. Zur Zeit total auf dem Psychotrip.

„Wir haben gerade eine hochinteressante Gruppe da – sie sind mitten in einem Workshop. Komm nach oben, dann erzähle ich dir alles", sagt die Mutter hastig.

Die obere Etage des alten Bauernhauses bildet den Wohnbereich der WG. Alle Türen sind entfernt, die Wände einheitlich weiß gestrichen, der Boden mit Sisalteppich ausgelegt. Im größten Raum steht der lange Eßtisch, daneben befindet sich die Küche. Keiner scheint sie für sehr wichtig zu halten, denn sie ist nur mit dem Nötigsten eingerichtet und ziemlich verwahrlost. Der Müll von zwei Wochen stapelt sich in Papiertüten um den Ausguß, der Tisch ist mit Resten der letzten Mahlzeit bedeckt, und überall steht schmutziges Geschirr. Die Mutter sucht inzwischen nach dem Tee, der spurlos verschwunden ist. „Ich hab noch welchen in meinem Zimmer. Eiserne Reserve."

Endlich sitzen sie zwischen Bücherstapeln auf dem breiten Bett, die Beine untergeschlagen, die Tassen mit dem dampfenden Tee in den Händen. Das Zimmer ist sparsam, aber sichtlich mit Geschmack eingerichtet. Auch der Fußboden ist mit Büchern, Zeitschriften, Kassetten und CDs bedeckt.

„Wenn ich bedenke, daß hier alles allen gemeinsam gehört, bewundere ich deine Fähigkeit, dir trotzdem einen persönlichen Rahmen zu schaffen", sagt Mischa. „Aber nun erzähl mal, was treiben die da unten?"

„Rebirthing." Mischas Mutter richtet sich lebhaft auf. „Das Geburtserlebnis ist für die meisten Menschen so schmerzvoll, daß sie ein Leben lang unter den Folgen eines schweren Geburtstraumas leiden und sich dadurch negativ programmieren. Nun hat ein amerikanischer Psychotherapeut eine Methode entwickelt, mit deren Hilfe man seine Geburt noch einmal erleben kann. Dadurch kann man sich von seinen alten Ängsten befreien."

„Ach. Und das da unten sind lauter Leute, die nochmals geboren werden? Wie machen die das?"

„Durch eine bestimmte Atemtechnik. Aber das ist zu kompliziert, es dir so zu erklären, du mußt es mitmachen! Es ist fabelhaft! Manche geraten sogar an die Grenze mystischer Bewußtseinszustände!"

„Ich weiß nicht", wehrt Mischa ab. „Ein andermal vielleicht. Jetzt steckt mir die Reise so in den Knochen."

„Mein armes Mädchen, ja, das wird eine aufregende Zeit für dich. Du mußt mir alles genau erzählen."

Aber dazu kommt es vorerst nicht. Das Training im Gruppenraum ist beendet, und die Wohnung füllt sich mit lärmenden, schwatzenden Menschen. Eigentlich müßte ich mich hier wohl fühlen, denkt Mischa. Menschen, die es ernst meinen, die sich Gedanken machen. Und trotzdem – dieser Fachjargon geht mir auf den Wecker. Vielleicht bin ich zu müde. Oder zu sehr mit meinen eigenen Sorgen beschäftigt. Ich sehne mich nach einer Tür, die ich hinter mir schließen kann, aber hier gibt es keine. Ein Wunder, daß wenigstens die Klotür einen Riegel hat!

„Hast du Lust mitzumachen?" fragt Eric, der Trainer, Mischa nach dem Essen.

Mischa schüttelt den Kopf. „Ich muß bald wieder fahren. Übermorgen starte ich nach Brasilien, ich hab noch einen Haufen Vorbereitungen zu machen."

Am Nachmittag fällt eine weitere Gruppe wie ein Wespenschwarm ins Haus ein. Sie sind nur so vorbeigekommen, zur Kommunikation. Mal wieder miteinander reden und singen. Mischa hilft Tee kochen, es gibt Obst und Gebäck, und jemand hat einen Sack Nüsse mitgebracht. Der Fußboden liegt voller Nußschalen.

Mischa beobachtet ihre Mutter. Sie sitzt in ihr nonnenkleidähnliches Gewand gehüllt am Boden, die nackten Füße untergeschlagen, und diskutiert mit einem asketisch aussehenden Mann, der sich pausenlos die Brille putzt. Mischa hat plötzlich das Gefühl, die hier sprächen eine fremde Sprache, die sie nicht versteht. Sie lehnt sich an die Wand, legt den Kopf zurück und schließt die Augen. Mit den Armen umklammert sie ihre Schultern, als müsse sie sich festhalten.

Wenn ich noch länger in diesem Ameisenhaufen hocken bleibe, werde ich verrückt. Ich werde schreien, und alle werden sich begeistert auf mich stürzen. Urschrei-Erlebnis – Rebirthing, toll, wie sie einsteigt – und ganz aus heiterem Himmel! Sie werden mich feiern und sich beglückwünschen zu ihrem und meinem Erfolg.

Mami ist glücklich hier, und sie ist fest davon überzeugt, ich müßte es auch sein. Das gute Beispiel muß doch ansteckend wirken! Die große Verbrüderung. Aber sie hat mich noch nicht einmal gefragt, wie es mir geht. Mischa steht auf und geht leise hinaus. Ich werde ein Stück spazierengehen, denkt sie. Frische

Luft. Allein sein. Dann geht's mir besser. Aber als sie draußen auf dem Hof steht, weiß sie plötzlich, daß sie nur einen Wunsch hat – hier wegzukommen. Sofort. Leise steigt sie die Treppe hinauf und nimmt ihr Gepäck. Im Auto schreibt sie einen Zettel für Mami. *Nicht böse sein. Ich komme mal wieder, wenn hier weniger los ist und Du Zeit hast. Alles Liebe! Mischa*

Papi bringt sie mit dem Auto nach Frankfurt. Sie sind beide ein bißchen verkatert, die letzten Nächte hat Mischa kaum geschlafen, sämtliche Freunde schienen sich verabredet zu haben, mit ihr Abschied zu feiern.

„Eigentlich ganz schönes Wetter heute", murmelt Mischa gähnend und rutscht tiefer in den Sitz. „So mild. Wenn man bedenkt, wie scheußlich kalt es in dem Schneeregen der letzten Tage war."

Papi beobachtet sie aus den Augenwinkeln. „Wenn du im Flugzeug sitzt, bestellst du dir ein Glas Sekt und sagst dreimal laut ‚Scheiße!' Danach geht's dir besser. Sei froh, daß dein Dienst nicht schon in Frankfurt beginnt, sondern erst auf dem Schiff. Genieße den freien Tag in Rio."

„Mach ich."

Am Flughafen beladen sie einen der Kofferkulis mit Mischas umfangreichem Gepäck, das zum Teil aus Haufen von Ordnern, Heften, Büchern und jeder Art Informationsmaterial besteht. Mischa hat sich inzwischen beruhigt, wie immer, wenn es etwas zu tun gibt.

Dafür schlottert Papi jetzt vor Reisefieber. „Wir müssen uns beeilen! Hast du deine Papiere? Da drüben mußt du einchecken. Ein Segen, daß du das Übergepäck nicht selbst zu zahlen brauchst..."

Papi schiebt sie der Bodenstewardeß am Lufthansa-Schalter entgegen, brüllt schon von weitem „Sind wir hier richtig nach

Rio?" greift vier Gepäckstücke zugleich, die ihm polternd aus den Händen fallen, taucht hinter einem Handkoffer her unter einem sich ebenfalls bückenden jungen Mann durch und ruft aus dieser etwas verqueren Stellung heraus „Meine Tochter macht nämlich eine Kreuzfahrt, wissen Sie!", wobei nicht klar ist, wen er eigentlich anspricht.

Mischa ist es peinlich, obgleich sie derartige Auftritte ihres Vaters gewöhnt ist. „Schon gut, Papi, das interessiert doch keinen", flüstert sie drängend und nimmt ihm das Gepäck ab.

Und dann geht alles sehr schnell. Sie mögen beide keinen herzzerreißenden Abschied.

„Soll ich dir nicht doch noch etwas zu essen besorgen?" erkundigt sich Papi zum wiederholten Mal.

„Nein, bitte nicht. An Bord gibt es mehr als genug."

„Noch eine Zeitung?"

„Wirklich nicht."

„Also dann, mach's gut, Kleine. Und flieg nicht so schnell – vor allem in den Kurven. Schickst du mir ein Fax, wenn du gelandet bist?"

„Mach ich sofort. Ist doch klar. Hab einen schönen Abend. Und grüß den Konsul. Laß es dir gutgehen, und paß gut auf dich auf, hörst du?" In einer plötzlichen Gefühlsaufwallung fällt Papi ihr um den Hals und drückt sie stürmisch an sich. Es ist kein Abschiedsschmerz. Auch keine Sorge, daß sie etwa nicht heil zurückkommen könnte. Ihm ist nur plötzlich klargeworden, wie sehr er sie liebt – und wie sehr sie ein Teil seines Lebens geworden ist.

Mischa, auf den väterlichen Gefühlsausbruch nicht gefaßt, kämpft um ihr Gleichgewicht und taumelt rückwärts. Zwei Schritte, dann wird sie von einem Rücken aufgefangen, der sich ebenfalls unter dem heftigen Aufprall einer Umarmung rückwärts bewegt hat.

Verwirrt schaut sich Mischa um und stammelt eine Entschuldigung. Der Rücken gehört zu einem Typ von ziemlicher Länge, der Mischa irgendwie an Johnny Depp erinnert. Er hat dunkle Haare und blitzende braune Augen. Mischa fühlt spontan, daß dies genau der Mann wäre, in den sie sich auf der Stelle verlieben könnte – wenn er nicht schon vergeben wäre. Denn die ihn da so heftig umarmt, ist ein zauberhaftes Mädchen, im Typ Mischa nicht unähnlich, nur ein wenig älter und mit großen braunen Augen. Sogar verheult sieht sie auffallend hübsch aus.

Mischa entschuldigt sich noch einmal, aber die beiden bemerken es gar nicht. Das Mädchen schluchzt, und der Mann ist vollauf mit Trösten beschäftigt. So beschränkt sich Mischa darauf, ihrerseits ihrem Vater um den Hals zu fallen.

„Tschüs, mein Alter. Ich hab dich sehr lieb. Drück mir die Daumen, daß ich es schaffe, und daß alles klargeht und so."

„Du schaffst es. Tschüs, Kleines."

Papi winkt ihr noch einmal zu, dann ist er im Gewühl verschwunden.

Mischa macht sich auf den mühsamen Weg durch die Kontrollen. Als sie in den Aufenthaltsraum für Auslandsreisende kommt und auf die Anzeigentafel schaut, stellt sie fest, daß ihr Flug ganz unten in der Reihe steht. Es wird noch eine Weile dauern, bis er aufgerufen wird. Sie merkt sich die Nummer des Flugsteigs und beginnt ein wenig umherzuwandern. Sie betrachtet die Auslagen im Duty-free-Shop, in der Parfümerie und in den Boutiquen. Da drüben ist eine Imbißbar. Soll sie noch schnell einen Kaffee trinken? Ach was, lieber ein bißchen laufen, im Flugzeug muß sie lange genug stillsitzen. Sie wandert weiter. Wer von den Wartenden hier wird zu ihrer künftigen Reisegesellschaft gehören? Jetzt, nachdem die Aufregung der letzten Tage vorüber ist, breitet sich eine bleierne Müdigkeit in ihr aus.

Sie ist heilfroh, daß sie allein ist und sich nicht schon um einen Teil ihrer Reisegäste kümmern muß.

Sie beschließt, zum Flugsteig zu gehen und sich dort in eine ruhige Ecke zu verkriechen, bis der Flug aufgerufen wird. Endlos ist der Gang zu den Flugsteigen hinaus. Mischa gleitet auf dem Rollweg dahin wie eine Schaufensterpuppe auf dem Fließband.

Der Warteraum vor dem Ausgang ist bereits überfüllt. Glauben die hier alle, sie kämen schneller nach Rio, wenn sie sich um die Tür drängeln? Noch zwanzig Minuten mindestens.

Ein junger Mann bietet Mischa seinen Platz an. Mischa wehrt zuerst ab, setzt sich dann aber doch. Der weiche Sessel, die verbrauchte Luft, das leise Stimmengewirr, die monotone Ansage aus dem Lautsprecher wirken wie ein Schlafmittel. Sie schließt die Augen und ist gleich darauf eingeschlafen.

„Wollten Sie nicht nach Rio?" Eine Hand rüttelt sanft ihre Schulter.

„Woher wissen Sie das?" murmelt Mischa verschlafen.

„Kommen Sie!" Der junge Mann greift nach ihrer Reisetasche und ihrer Handtasche, klemmt sich beides unter den Arm und zieht sie hoch. „Wo haben Sie Ihre Bordkarte?"

Mischa tastet verwirrt die verschiedenen Taschen ihrer Leinenjacke ab. Dann zieht sie erleichtert die längliche Karte aus dem Stapel Zeitungen hervor, die seit Tagen ungelesen neben ihrem Bett lagen, und die sie als Lektüre für den langen Flug mitgeschleppt hat.

Der letzte Fluggast stürmt den Gang hinunter. Obgleich in diesem Großraumflugzeug kaum die Gefahr besteht, daß er an die Decke stößt, zieht er den Kopf ein. Kein Wunder bei seiner Länge. Ist das nicht überhaupt – natürlich, der Mann mit dem schluchzenden Mädchen von vorhin. Mit dem sie so unsanft zusammengerumpelt ist! Mischa lächelt ihm zu, im Vorübergehen fängt er ihren Blick auf, zieht die Stirn in Falten, als überlege er, wo er sie schon einmal gesehen hat, und geht weiter. Sieht ein bißchen mitgenommen aus von dem Abschied.

„Haben Sie sich angeschnallt? Also nein, man muß auf Sie aufpassen wie auf ein kleines Kind!"

„Entschuldigen Sie, ich bin schrecklich müde und ein bißchen durcheinander."

„Das habe ich schon gemerkt. Übrigens, ich heiße Michelsen. Peter Michelsen." Er unterstreicht seine Worte mit einer etwas schiefen Verbeugung in ihre Richtung.

„Oh, freut mich, ich bin Michaela Schultze, Hosteß und Reiseleiterin, im Augenblick noch nicht im Dienst."

„Und ich bin Journalist, wenn auch im Augenblick Dienst tuend als Reisebegleiter."

„Im Ernst? Werden Sie auch eine Reisegruppe betreuen?"

„Nein, nein, so war das nicht gemeint. Ich begleite nur eine einzelne Dame – und das, so lange sie es mir erlaubt."

„Ach so. Ich bin heute wirklich ein bißchen langsam. Oh, wir starten!"

Mischa beugt sich zum Fenster und starrt fasziniert nach draußen. Sie liebt diesen Augenblick, wenn die Maschine abhebt, schnell an Höhe gewinnt, und Häuser, Bäume, Autos unter ihr kleiner und kleiner werden. Dort eine Schafherde – wie aus der Spielzeugschachtel. Felder und Gärten wie mit dem Lineal abgezirkelt. Die helle Fläche eines kleinen Sees wie die Scherbe eines Spiegels. Sie durchstoßen die Wolkenschicht und sind gleich darauf in einem Meer von tiefem unendlichem Blau. Unter ihnen türmen sich bizarre Wolkengebirge, eine Märchenlandschaft in Rosarot, die zum Träumen anregt. Irgendwo dahinten geht die Sonne unter.

„Wenn ich im Flugzeug sitze und den ganzen Rummel hinter mir habe, soll ich mir einen Sekt bestellen, hat mein Vater gesagt."

„Ein sehr vernünftiger Ratschlag. Darf's auch Champagner sein? Ich lade Sie ein."

Mischa betrachtet ihn prüfend, während er bei der Stewardeß den Champagner bestellt. Sieht gut aus, der Junge. Nicht ganz so jung, wie sie erst gedacht hat, seine dichten blonden Haare sind sehr kurz geschnitten. Mittelgroß, sehr helle Augen, erinnern ein bißchen an Swimming-pool, hellblau-türkis. Der Teint kräftig braun, scheint viel Sport zu treiben, der Herr Journalist. Segeln, Skilaufen, Bergsteigen, vermutet Mischa. Wenn er lächelt, sieht man, daß die Eckzähne ein wenig vorstehen. Mini-Vampir. Nett. Im Kinn hat er ein Grübchen.

„Woran denken Sie?" unterbricht Peter Michelsen Mischas Überlegungen. „Sie schauen mich so prüfend an?"

„Ich habe gerade was Nettes über Sie gedacht", gesteht Mischa lachend.

„Verraten Sie es mir?"

„Ich habe Sie mir angeschaut und gedacht: Mischung zwischen Kirk Douglas und Dracula."

Er lacht.

Wie aufs Stichwort erscheint die Stewardeß. Wie sie das mit dem Champagner macht! Echt gekonnt.

Peter Michelsen reicht Mischa ein Glas hinüber. „Also, auf Ihr Wohl, liebe Reisegefährtin! Nun lassen Sie sich mal anschauen."

Mischa setzt das Glas an die Lippen, will trinken, blinzelt ihrem Beschützer über den Glasrand zu und muß plötzlich lachen. „Mir fiel plötzlich etwas ein. Etwas, was mein Vater gesagt hat."

„Wetten, er hat Ihnen geraten, sich im Flugzeug nicht sofort von jemandem einen Drink spendieren zu lassen?"

Mischa kichert. „Falsch. Er hat mir geraten, ein Glas Sekt zu trinken und dreimal laut ‚Scheiße' zu sagen." Sie wird ein bißchen rot. „Wegen meines Lampenfiebers, wissen Sie."

Der Champagner ist eiskalt und so trocken, daß es in der Nase kribbelt. Wie eine kleine Rauchwolke steigt er in den Kopf, treibt Tränen in die Augen und betäubt für einen Moment jedes Denken. Mischa trinkt das Glas in vorsichtigen kleinen Schlucken leer und seufzt zufrieden.

„Hm. Ich glaube, du darfst mich ruhig Mischa nennen. Prost, Dracula!"

„Prost, Mädchen! Du darfst Peter zu mir sagen."

Mischa nickt und schließt die Augen. Sie fühlt sich, als schwämme sie in einem unendlichen See aus Nebel in allen Regenbogenfarben. „Aber wenn ich schnarche, weckst du mich sofort, verstanden?"

„Verstanden. Und wenn es Abendessen gibt?"

„Dann natürlich auch."

Micha schläft sofort ein. Erst als die Stewardeß das Abendessen serviert, wird sie halbwegs wach.

„Ich schlage einen Beaujolais zum Essen vor", sagt Peter und klappt fürsorglich ihren Tisch hinunter. „Danach wirst du wunderbar weiterschlafen."

„Willst du mich zum Alkoholiker machen?"

„Aber nein. Ich möchte wirklich nur, daß du dich richtig entspannst. Um so mehr wirst du Rio genießen."

„Ach Rio, das ist noch so weit weg", murmelt Mischa und sperrt gehorsam den Mund auf, als er ihr einen Happen Toast mit Räucherlachs zwischen die Lippen schiebt. „Hm, das ist köstlich! Da fühle ich mich schlagartig hellwach", stellt sie fest. „Essen hat auf mich eine wunderbare Wirkung."

„Das freut mich. Wir werden in die schönsten Lokale Rios gehen."

„Wieso? Glaubst du denn, daß wir in Rio noch zusammen sind?" fragt Mischa erstaunt.

„Warum nicht? Oder beginnen deine Pflichten sofort nach der Landung?"

„Nein, eigentlich nicht, das heißt, ich muß mich um mein Schiff kümmern. Das Schiff, auf dem ich Reiseleiterin sein werde!" Es klingt ungeheuer bedeutend.

„Doch nicht die *Aurora*?" In Peter Michelsens Augen blitzt es verräterisch, aber das entgeht Mischa.

„Ganz recht, die *Aurora!* Kennst du das Schiff?"

„Dem Namen nach."

„Ja, es wurde in den Zeitungen viel Reklame gemacht in letzter Zeit. Ganzseitige Anzeigen mit dem kompletten Reiseprogramm. Morgen abend muß ich an Bord sein, dann habe ich einen Tag lang Zeit, mich auf die Ankunft meiner Gruppe vorzubereiten."

„Na, siehst du! Und bis zum morgigen Abend können wir Rio unsicher machen! Jetzt iß brav, und dann wird geschlafen, damit du morgen topfit bist. Nimmst du das Filetsteak oder die Lammnüßchen?"

„Für mich bitte Lamm. Und viel Gemüse."

„Lamm, viel Gemüse und eine doppelte Portion Nachtisch. Und eine Flasche von dem Beaujolais", ordert Peter Michelsen. „Damit wir zu Kräften kommen."

Später machen sie einen Rundgang durchs Flugzeug, um sich vor der langen Nacht die Beine zu vertreten. Mischas Blicke wandern suchend über die Köpfe der Mitreisenden. Da hinten im Raucherteil sitzt der gutaussehende Typ im hellen Leinenanzug. Er hält sich an einer Flasche Bier fest und liest den neuesten Bestseller. Die Lektüre scheint ihn zu fesseln, denn er tut Mischa nicht den Gefallen, auch nur für eine Sekunde aufzuschauen. Immer wieder sieht sie sich unauffällig nach ihm um, aber sein Blick bleibt unbewegt auf das Buch gerichtet.

Peter Michelsen hat offensichtlich beschlossen, Kindermädchendienste an ihr zu tun. Er stellt die Lehne ihres Sitzes nach hinten, schiebt ihr ein Kissen in den Nacken, deckt sie mit einer Wolldecke zu und löscht das Licht über ihrem Platz.

„Bist du eigentlich verheiratet?" erkundigt sich Mischa.

„Um Himmels willen, nein! Warum?"

„Du hast die Eigenschaften eines idealen Ehemannes. Aber keine Sorge", sagt Mischa – schon sanft hinüberdämmernd – „ich heirate nie."

„Das beruhigt mich. So brauche ich doch wenigstens nicht zu befürchten, eines Tages unvermutet von jemandem zum Duell gefordert zu werden", Peter Michelsen gähnt herzhaft.

„O ja!" murmelt Mischa. Dann ist sie eingeschlafen. So fest, daß sie nicht einmal das leise Schnarchen aus dem Sitz zu ihrer Linken wahrnimmt.

3

„Wie fühlst du dich?"

„So, als müßte jeden Augenblick der Wecker klingeln und mich aus diesem schönen Traum reißen. Es kann einfach nicht Wirklichkeit sein!" sagt Mischa mit leuchtenden Augen und sieht sich um.

Sie sitzen auf der Veranda des Copacabana Palace, trinken nun schon den dritten Cafèzinho und schauen aufs Meer hinaus. Weiße, braune und schwarze Körper tummeln sich in der Sonne. Der Strand ist überfüllt.

„Na? Genug gestärkt?" erkundigt sich Peter Michelsen.

„Ich denke, ja. Doch."

„Und für was hast du dich entschieden – Stadtbummel, Zuckerhut oder Corcovado?"

„Baden gehen", sagt Mischa entschlossen. „Ich platze vor Neid, wenn ich die da draußen sehe. Außerdem muß ich dringend ein bißchen Farbe bekommen. Einen Stadtbummel können wir später machen."

„Gut, gehen wir baden."

Mischa hat vorgesorgt, schon zu Hause hat sie sich einen Bikini ins Handgepäck gepackt. Keine Frage, daß ihr erster Weg ins Meer führen würde! Sogar das Sonnenöl steckt in der Handtasche.

Neidvoll betrachtet sie die vielen Schattierungen von appetitlichem Braun, die am Strand an ihr vorübermarschieren, herumtollende kleine Buben mit Augen wie reife Brombeeren, kleine Mädchen mit langen Zöpfen oder kurzem Kraushaar, Teenager, die knackigen Popos und Busen nur von Tangas verhüllt, zu zweit oder zu dritt eingehängt stecken sie kichernd die Köpfe zusammen. Familien, die unter ihrem Sonnenschirm Picknick halten, ein junger Mann, der selbstvergessen ein paar Sambaschritte übt – sie verstehen offensichtlich, das Leben zu genießen, diese Carioca.

Endlich haben Mischa und Peter einen einigermaßen ruhigen Platz gefunden. Mischa streift das Strandkleid ab, unter dem sie bereits ihren Bikini trägt, sie hat sich im Hotel umgezogen. Einen Augenblick ist ihr zumute, als müsse sie sich ganz klein in sich selbst zusammenziehen, so blaß kommt sie sich vor – zwischen all den braunen Strandschönheiten. Peter Michelsen ist so damit beschäftigt, ihre Handtücher auf dem Sand auszubreiten und Hemd und Hose zusammenzulegen, daß er sie gar nicht beachtet.

Mischa schlüpft aus ihren Sandalen, streckt sich auf dem

Handtuch aus, bohrt die Zehen genießerisch in den heißen Sand und schließt die Augen.

„He, du, das gilt nicht. Erst wird eingeölt! Du willst doch heute abend nicht aussehen wie ein frisch gekochter Krebs, oder?"

Peter beginnt, kleine Tupfer von Sonnenöl auf ihrem Gesicht zu verteilen. Dann kommen Hals, Schultern und Arme dran. Er macht das geschickt und total unerotisch, stellt Mischa fest, als er bei ihrem Bauch angelangt ist. Überhaupt ist er viel mehr der Typ großer Bruder als der tolle Verführer. Beruhigend. Beruhigend und ein bißchen gefährlich – denn weiß sie, ob nicht gerade das seine bewährte Masche ist? Sie wird auf jeden Fall auf der Hut sein.

„Umdrehen!" kommandiert er. „Jetzt kommt der Rücken dran."

„Super. So bin ich schon lange nicht mehr verwöhnt worden. Darf ich jetzt ins Wasser?"

„Jetzt? Damit alles wieder abgeht? Kommt überhaupt nicht in Frage! Jetzt wird eine Viertelstunde gesonnt. Und dann gehen wir ins Wasser. Hier – bitte!" Er streckt ihr die Hand mit der Sonnenölflasche entgegen und dreht ihr auffordernd den Rücken zu. Mischa massiert in gleichmäßigen Kreisen gehorsam die sonnengebräunten Schultern. „Wo hast du die schöne Farbe her?"

„Überreste vom Urlaub auf Kreta. Und das Solarium zu Hause."

„Kreta, Solarium – allmählich werde ich wirklich neugierig, mit was für Büchern und unter welchem geheimnisvollen Pseudonym du dein Geld verdienst!"

„Da muß ich dich enttäuschen. Es bleibt ein Geheimnis."

„Aber warum?

„Schon mal was von Ghostwriter gehört?"

„O ja! Und damit kann man so viel Geld verdienen?"

„Nicht nur damit. Hättest du was dagegen, das Thema zu wechseln?"

„Oh, ich wollte nicht indiskret sein. Ich konnte schließlich nicht wissen, daß es ... daß es ..."

„... so ein heißes Eisen ist. Nein, das konntest du nicht. Gehen wir jetzt schwimmen? Ich brauche dringend eine Abkühlung."

„Nichts lieber als das! Wer zuerst im Wasser ist!" Mischa springt auf und läuft in großen Sprüngen voraus. Mit einem lauten Jubelschrei stürzt sie sich zwischen die Badenden, taucht unter, strampelt mit den Beinen, macht einen Purzelbaum und kommt prustend wieder hoch.

„Hoppla", sagt eine dunkle Männerstimme dicht hinter ihr. Sie ist bei ihrem stürmischen Überschlag jemandem mit den Beinen ins Gehege gekommen.

„Oh, Entschuldigung", stammelt sie und reibt sich das Wasser aus den Augen. „Habe ich Ihnen weh getan?"

„Nicht der Rede wert, ich dachte nur einen Augenblick, Sie wollten mich umbringen!"

Das Salzwasser brennt in den Augen, sie braucht eine Weile, bis sie ihr Gegenüber erkennen kann. Der Schlanke, mit dem sie am Frankfurter Flughafen ..., na, kein Wunder, daß er denkt, sie hätte was gegen ihn.

„Sie brauchen ziemlich viel Platz, wie?" fragt er ironisch und wendet sich ab.

Mischa will noch etwas sagen, sie ist rot geworden, sie weiß selbst nicht warum, aber es ärgert sie, daß er einen schlechten Eindruck von ihr gewonnen hat. Schließlich hat sie ihn nicht mit Absicht getreten. Er muß sie für ein hoffnungsloses Trampeltier halten!

„Ach, da bist du ja! Ich hatte dich in dem Gewühl ganz aus den

Augen verloren! He, was ist los? Du machst ein Gesicht, als wärst du in einen Seeigel getreten!" Peter Michelsens Stimme klingt ehrlich besorgt.

„So was ähnliches. Schwimmen wir raus? Hier ist es mir zu voll", sagt Mischa, „man kann sich ja kaum rühren!"

„Da hast du recht. Wir hätten zu einem der anderen Strände fahren sollen. Aber du warst ja nicht zu halten."

„Ich gelobe Besserung. Komm!" Mischa wirft sich der Brandung entgegen, taucht unter einer Welle durch, läßt sich von der nächsten ein Stück zurücktragen, dann schwimmt sie mit kräftigen Zügen hinaus.

„Komm zurück, das reicht!" keucht Peter Michelsen hinter ihr, der kaum mit ihrem Tempo mithalten kann.

„Warum? Ich fange doch gerade erst an!"

„Das Meer ist hier nicht ungefährlich."

„Woher weißt du das? Bist du hier schon mal ertrunken?"

„Nein, aber man hat mich eben darüber aufgeklärt. Genauer gesagt, jemand hat mich auf die Warnflaggen aufmerksam gemacht. Komm, schwimmen wir zurück."

Feigling, denkt Mischa. Aber sie folgt ihm gehorsam. „Wer hat dir das erzählt? Das von den Warnflaggen, meine ich."

„Der Mann da drüben, der Lange – ich glaube, er war mit in unserem Flugzeug. Kennst du ihn? Er schien besorgt um dich!"

„Der? Wohl kaum. Ich habe ihn einmal gestoßen und einmal getreten. Und es schien ihn nicht besonders zu freuen."

„Also los, raus aus dem Wasser. Schließlich willst du doch noch was von der Stadt sehen, oder?" fragt Peter Michelsen.

„Und ob. Aber das Bad war herrlich, nicht wahr?" Mischa lacht und wirft sich noch einmal einer Welle entgegen. Dann stapft sie gehorsam ans Ufer und schüttelt ihre nasse blonde Mähne, daß die Tropfen nach allen Seiten fliegen. Als Mischa sich umgezogen hat, wartet Peter Michelsen bereits mit einem Wagen vor dem Hotel.

„Den habe ich uns gemietet", erklärt er. „So sind wir von Taxis und Bussen unabhängig."

„Ein Cabrio! Ist das nicht viel zu teuer?"

„Du willst doch was sehen, oder? Na los, steig ein, aber binde dir ein Tuch um den Kopf, deine Haare sind noch ganz feucht."

„Die trocknen in der Sonne schnell", wehrt Mischa ab.

„Bist du immer so unvernünftig? Als Reiseleiterin kannst du dir keinen Schnupfen leisten."

„Mir passiert so leicht nichts."

„Hoffentlich. Ich wäre da nicht so sicher. Du solltest die Sonne übrigens nicht unterschätzen, sie kann einem ganz schön zu schaffen machen, wenn man aus dem europäischen Winter kommt."

„Ich passe schon auf mich auf, Mister Kindermädchen. Wohin fahren wir?"

„Erst mal ein bißchen kreuz und quer durch die Stadt, damit du einen Eindruck bekommst. Später werden wir dann Rio von oben betrachten – vom Corcovado aus."

„Fahren wir mit der Bergbahn hinauf?"

„Wenn du willst? Hier sind wir übrigens auf der Avenida Rio Bravo, einer ..."

„... achtzehnhundert Meter langen Prachtstraße, die als die Hauptstraße des Stadtkerns bezeichnet werden darf", fällt Mischa ihm ins Wort. „Sie beginnt im Norden am Hafen und endet im Süden nahe der Küste der Guanabara-Bucht."

„Donnerwetter, gut gelernt! Willst du nicht die Reiseleitung des heutigen Tages übernehmen? Du sagst mir, wo du hinwillst, und ich fahre."

„Gut, dann laß uns in der Nähe der Rua do Ouvidor halten, ich möchte ein bißchen durch die Hauptgeschäftsstraßen gehen. Danach schlage ich das Kloster von São Bento vor."

Stundenlang bummeln sie durch die Straßen, betäubt von Farben und Gerüchen, geschoben und gedrängt von der Menge, in der es jeder eilig zu haben scheint. Dazwischen wie ruhende Felsblöcke im Strom Gebäckverkäuferinnen und Geldwechsler. Zerlumpte Kinder, mager und mit erfahrenen kleinen Gesichtern zeigen, daß es hier Hunger und Armut gibt.

Zwischendurch erholen sich Mischa und Peter in der Kühle von Kirchen und Klöstern, bewundern Holzschnitzereien und Gemälde, spüren der Geschichte der Stadt nach. Sie wandern über den Blumenmarkt, kehren in ein Straßencafé ein, um eine Batida zu probieren, einen süßen Aperitif, fahren kreuz und quer auf der Suche nach einem berühmten Fischrestaurant und landen schließlich in einer Churrascaria, wo es saftige Steaks vom Grill gibt.

Am Nachmittag machen sie einen Abstecher zum Wald von Tijuca, bestaunen die Fülle samtblättriger Orchideen und lauschen dem Gezwitscher tropischer Vögel. Und schließlich – es beginnt bereits Abend zu werden, lassen sie sich von der Bergbahn auf den Corcovado tragen.

Der Ausblick, der sich ihnen bietet, als sie die letzten Stufen erklommen haben, läßt Mischa alles andere vergessen. Der Himmel schimmert in allen Farben vom leuchtenden Orange über Purpurrot, Lila, Tintenblau bis zu einem verwaschenen Türkis. Unter ihnen in der Stadt flammen die ersten Lichter auf, ziehen sich wie Perlenschnüre die Hügel hinauf, blitzen wie vereinzelte Sterne vom Meer herüber, bilden Kreise und Schlangenlinien und eine Fülle von Mustern.

Sie setzen sich auf die Stufen, und Peter Michelsen legt Mischa schützend den Arm um die Schulter.

„Das ist unsagbar schön", flüstert sie.

„Hm", brummt Peter zufrieden und zieht Mischa noch ein bißchen fester an sich. Sie ist so müde, daß sie es widerspruchslos geschehen läßt.

„Was bedeutet das eigentlich, der Name Corcovado?"

„Das sollte dir bei deinem eifrigen Studium entgangen sein? Kaum zu glauben. Corcovado heißt ‚der Bucklige'. Kalt?"

„Ein bißchen. Dabei ist die Luft so warm. Ich glaube, es ist die Sonne. Ich meine, für den ersten Tag – es ist so ungewohnt."

„Haha. Und wer wollte heute morgen nicht auf mich hören?"

„Okay, eins zu null für dich." Mischa kuschelt sich noch ein wenig dichter an Peter Michelsens Seite. Plötzlich kichert sie. „Der Bucklige! Gibt's da nicht einen alten Aberglauben, daß es Glück bringt, den Rücken eines Buckligen zu berühren? Müssen wir ein Glück haben – wir sitzen sogar auf dem Buckel!"

Mischa beugt sich vor und streicht mit der Hand über die Erde. „Bring mir Glück, Buckliger, ich kann's brauchen in den nächsten Wochen!"

Peter Michelsen lächelt. „Komm, Frau Reiseleiterin, jetzt werden wir noch eine Kleinigkeit essen, einen Schlaftrunk zu uns nehmen, und dann bringe ich dich zu deinem Schiff."

Bei dem Gedanken an die *Aurora* wird Mischa ziemlich mulmig zumute. Nur nicht daran denken, was sie dort alles erwartet! So ist sie Peter Michelsen dankbar für den kleinen Aufschub, den das Abendessen in einem Lokal mit Lärm, Musik und Lachen für sie bringt. Und noch dankbarer für den recht umfangreich ausfallenden Schlaftrunk, der die drohend über ihr hängenden Wolken der kommenden Aufgabe für eine Weile vertreibt.

„Prost, Mischa! Auf deinen Erfolg als Reiseleiterin!"

„Prost, Peter, Danke schön für den wundervollen Tag! Ich werde ihn nie vergessen. Was wirst du jetzt tun? Ich meine, wenn ich weg bin. Einen anderen Neuankömmling durch Rio begleiten?" Verrückt. Sie kennt ihn erst einen Tag, und trotzdem ist ihr der Gedanke, von ihm Abschied nehmen zu müssen und ihn vielleicht nie wiederzusehen, unerträglich. Reiß dich zusammen, Michaela, beschimpft sie sich. Das sind die Nerven. Gib's doch zu, es ist einfach die Angst vor dem, was jetzt kommt. Brauchst jemanden zum Festhalten und Beschützen, weil's so bequem ist! Lächerlich! Trotzdem fühlt sie sich scheußlich.

Die Fahrt zum Hotel verläuft schweigsam. Sie laden Mischas Gepäck ins Auto, dann geht es hinaus zum Hafen.

Die *Aurora* liegt wie im Schlaf. Staunend sieht Mischa an den schneeweißen Bordwänden empor. So groß, so elegant hat sie sich ihr Schiff nicht vorgestellt.

„Na? Gefällt sie dir?"

„Erinnert ein bißchen an Hollywoodfilme. Zu schön, um wahr zu sein. Na ja." Mischa seufzt abgrundtief.

„Wird schon schiefgehen." Peter Michelsen klopft ihr aufmunternd auf die Schulter. „Also dann, mach's gut, Koalabär. Du schaffst es schon."

„Ob wir uns jemals wiedersehen", murmelt Mischa kläglich. „Wäre eigentlich schön, oder?"

„Sicher werden wir uns irgendwann wiedersehen. So, jetzt mußt du aber gehen. Und ich muß ins Hotel zurück, will noch einen dringenden Anruf nach Amerika erledigen. Also dann!" Peter Michelsen drückt ihr einen flüchtigen Kuß auf die Wange.

Reichlich unpersönlich, findet Mischa. Und er denkt gar nicht daran, ihr seine Adresse zu geben. Oder zu fragen, ob er ihr schreiben darf. Er sagt nicht einmal, daß er an sie denken wird. Scheißkerl. Verdient gar nicht, daß man sich mit ihm abgibt!

Mischa sieht ihm nach, wie er – die Hände in den Hosentaschen – zielstrebig zum Auto zurückmarschiert, ohne sich noch einmal nach ihr umzuschauen. Sie kommt sich schrecklich verlassen vor. Neben ihr ragt das Schiff auf, stumm, dunkel, nur ein paar Lichter brennen an Deck. Die *Aurora* ist noch nicht im Dienst, vermutlich hat die Besatzung geschlossen Urlaub zum Landgang bekommen, und an Bord ist nur eine Wache zurückgeblieben.

Verdrossen schaut Mischa auf ihre zahlreichen Gepäckstücke. Sie kommt sich vor wie eine Glucke auf zu vielen Eiern. Aber was hilft's. Sie ergreift die zwei größten Koffer und schiebt sich mit ihnen die schmale Gangway hinauf.

An der Reling dösen zwei Matrosen.

„Guten Abend!" sagt Mischa mit leicht verkrampfter Munterkeit. „Ich bin die zukünftige Hosteß, die Reiseleiterin Ihrer Passagiere. Können Sie mir helfen?"

Die beiden grinsen sie an und mustern sie interessiert. Vermutlich haben sie kein Wort verstanden.

„Fräulein Schultze?" kommt eine Stimme aus dem Hintergrund. „Warten Sie, ich helfe Ihnen."

Aus dem Dunkel taucht ein gutmütiges Jungengesicht auf. Sehr englisch. Ein feuerroter Haarkranz umrahmt ein rosiges Gesicht, das von einem struppigen, roten Schnauzbart geziert wird, dessen Enden bis tief unter die Mundwinkel hinabreichen. Mischa schielt auf seine Uniform. Zweiter Offizier, wenn sie sich nicht irrt. Sie streckt ihm die Hand hin und gönnt ihm ein Lächeln.

Der Rothaarige schickt mit einer knappen Kopfbewegung die beiden Matrosen die Gangway hinunter, um Mischas restliches Gepäck einzusammeln. Dann ergreift er ihre Hand und schüttelt sie so kräftig, als wolle er ihr erst einmal zeigen, was ein richtiger Seemann ist. „Nett, Sie kennenzulernen. Zweiter Offizier Domsky."

„Sie sind Jan Domsky?" platzt Mischa heraus. „Nach Ihrem Aussehen hätte ich geschworen, daß Sie Engländer sind!"

Jan Domsky lacht geschmeichelt. „Meine Wahlheimat. Ich bin mit einer Engländerin verheiratet. Geboren in Polen und aufgewachsen in Bremen."

„Eine gute Mischung", stellt Mischa fest. „Und Ihre Familie lebt in England?"

„In Brighton. Meine Frau hat dort eine kleine Fremdenpension und kümmert sich um unsere drei Kinder."

„Davon müssen Sie mir bei Gelegenheit mehr erzählen. Ich liebe England!" beteuert Mischa und atmet innerlich ein wenig auf. Nun ist sie schon nicht mehr ganz fremd.

„Wir hatten Sie früher erwartet. Jetzt ist fast die ganze Besatzung an Land. Den ruhigen Abend vor dem Ansturm ausnützen."

„Sind Sie meinetwegen an Bord geblieben? Das wäre mir schrecklich!"

„Aber nein, ich habe sowieso Dienst. Kommen Sie, ich zeige Ihnen Ihre Kabine und Ihr Büro. Und wenn Sie wollen, führe ich Sie ein bißchen herum."

„Das ist sehr nett von Ihnen, danke! Ich habe noch etwas Lampenfieber, verstehen Sie?"

„Verstehe ich gut. Ist Ihre erste Reise, nicht wahr?"

„Ja. Hoffentlich fliege ich nicht im nächsten Hafen in hohem Bogen raus – wegen totaler Unfähigkeit!"

„Blödsinn. Wir sind eine gute Mannschaft und verstehen uns. Und wenn Sie Sorgen haben, kommen Sie einfach zu mir."

„Danke. Jetzt geht's mir schon wesentlich besser!"

Mischa folgt dem Offizier durch verwirrend viele Gänge, eine Treppe hinauf, wieder Gänge und wieder eine Treppe. Es ist unmöglich, sich das beim ersten Mal zu merken! Und hier soll sie morgen das Leitschaf für eine Herde ahnungsloser Touristen sein? „Ich werde die ganze Nacht üben", stöhnt sie, „um dieses Labyrinth kennenzulernen."

„Alles halb so wild. Es geht schneller, als Sie denken."

Sie haben das Veranda-Deck erreicht, und Jan Domsky zeigt auf eine Tür gleich neben dem Treppenaufgang.

„Dort ist Ihr Büro. Und genau darüber auf dem Sonnendeck Ihre Kabine." Jan Domsky nimmt einen Schlüssel aus dem Schlüsselkasten am Ende des Ganges und schließt die Kabine auf. Mit einer einladenden Geste läßt er Mischa an sich vorbeigehen. „Ich hoffe, es gefällt Ihnen."

„Donnerwetter!" platzt Mischa heraus. „Das ist ja toll – und diese Blumen!"

„Die sind vom Konsul. Per Fax geordert. Ein Brief für Sie liegt auch dabei."

„Das ist typisch für ihn. Immer muß er übertreiben. Aber lieb, nicht wahr?" Mischa schüttelt amüsiert den Kopf.

Jan Domsky grinst. „Ich kenne Konsul Weißgans nur flüchtig."

„Er ist eine Mischung aus Gottvater und Zirkusdirektor", erklärt Mischa und läßt sich auf das Bett plumpsen, um zu prüfen, wie die Matratze gefedert ist. „Gut, nicht zu weich, das ist wichtig." Dann öffnet sie die Schränke und die Tür zum Badezimmer. „Alles große Klasse!" lobt sie. „Und wie hübsch der Stoff ist. Ich mag diese Kombination von Blau und Grün! Dazu der dunkle Holzton – muß ein guter Architekt gewesen sein, der die Inneneinrichtung entworfen hat."

„Stimmt. Aber Sie müssen erst mal die Gesellschaftsräume sehen! Die *Aurora* ist eines der schönsten Schiffe, das ich kenne", bemerkt Jan Domsky stolz. „Möchten Sie was trinken?"

„Ich fürchte, ich habe heute schon viel zuviel getrunken. Danke nein, sehr lieb von Ihnen. Wenn Sie mir vielleicht später zu einer Flasche Mineralwasser verhelfen könnten, das wäre gut. Zeigen Sie mir jetzt das Schiff?"

„Ich brenne darauf. Hoffentlich machen Sie nicht auf halbem Wege schlapp, Sie sehen ganz schön geschafft aus."
„Bin ich auch. Den ganzen Tag in Rio herumgelaufen, und dann die Sonne, die ungewohnte Hitze – ich fürchte, ich habe sogar einen kleinen Sonnenbrand erwischt."
„Man sieht's. Trösten Sie sich, das passiert mir auch immer wieder. Hier sind Ihre Schlüssel. Und das sind die Schlüssel zu Ihrem Büro – der dort für die Tür und der für den Schreibtisch."
„Danke. Damit gehöre ich also offiziell zur Mannschaft."
„Eigentlich hätte der Chief Purser sie Ihnen geben müssen, aber er wollte nicht so lange warten. Hatte noch eine Verabredung an Land."
„Hoffentlich war er nicht böse auf mich."
„Das weiß man bei dem nie. Zahlmeister sind überhaupt eine Sorte für sich. Wehe, man nimmt sie nicht wichtig genug. Manchmal könnte man meinen, der Chief Purser wäre der oberste Boß auf dem Schiff – und nicht der Kapitän. Obwohl unserer, na, der ist wieder anders."
„Erzählen Sie mir von ihm. Schließlich ist er doch mein direkter Chef hier, stimmt's?"
„Richtig. Ja, was soll ich Ihnen da groß erzählen, Sie werden ihn ja kennenlernen. Wenn er im Dienst ist, unheimlich korrekt. Und privat, hm, schwer zu sagen, er lebt so zurückgezogen, wie es auf einem Schiff nur möglich ist. Der Philosoph heißt er bei uns. Er liest unheimlich viel, sogar Gedichte und Klassiker und so. Dabei sieht er gar nicht aus wie ein Bücherwurm."

Jan Domsky geht Mischa voraus zum Lift. Das Schiff strahlt eine wundervolle Ruhe aus, die Klimaanlage sorgt für eine angenehme Temperatur, die Füße versinken in dickem, weichem Teppichboden. Am liebsten würde Mischa die Sandalen von den brennenden Füßen streifen, aber nun ist sie ja bereits im Dienst.

„Wo fahren wir hin?" erkundigt sie sich, als Jan Domsky den Lift in Bewegung setzt.

„Ganz nach unten. In den Bauch der *Aurora*." Jans rosiges Gesicht wird noch ein bißchen rosiger, als hätte er sich bei einer unpassenden Bemerkung ertappt. „Sie wollen doch alles von Grund auf kennenlernen, oder?" fügt er schnell hinzu.

„Klar. Theoretisch habe ich mich schon eingehend mit den technischen Daten der *Aurora* beschäftigt. Aber natürlich möchte ich alles kennenlernen, damit ich die Fragen meiner Reisegäste beantworten kann."

„Wir sind da, rechts bitte! Unter Ihren Füßen befinden sich also jetzt die Süßwassertanks", beginnt der Offizier zu erklären. Seinem Ton merkt man an, daß er schon Dutzende von Führungen geleitet hat, er hat etwas von einem Museumsdiener. „Dahinter der Klimakompressorenraum, Seewasserverdampfer, die Maschinenräume und der Öltank."

„Aha. Und hier haben wir das Schwimmbad und den Gymnastikraum."

„Richtig, außerdem auf dieser Ebene die Kühlräume für Fleisch, für Geflügel, verschiedene Laderäume und …"

„… die Wäscherei", fällt Mischa ihm ins Wort und zeigt auf ein Türschild zu ihrer Linken.

„Im Vorschiff – eine Treppe höher bitte – finden Sie die Räume der Besatzung, die Küche der Crew, Speiseraum, Tagesraum." Jan Domsky öffnet die Türen und läßt sie einen Blick hineinwerfen. „Dann die Werkstätten und Gepäckräume. Und hier – wichtig für Sie – die Druckerei."

Mischa versucht sich alles so gut wie möglich einzuprägen.

„Auf dem D- und dem C-Deck haben wir außerdem die Quartiere der Crew."

„Mittschiffs und achtern", fügt Mischa fachmännisch hinzu und erntet einen wohlwollenden Blick des Offiziers.

„Steigen wir rauf zum B-Deck. Hier – das müssen Sie sich ebenfalls gut merken – befindet sich das Hospital. Außerdem eine Reihe von Kabinen, weitere Quartiere der Crew und das Bügelzimmer." Jan Domsky marschiert mit Riesenschritten vor Mischa her, reißt Türen auf, weist hierhin und dorthin, deutet auf Schilder wie *Geräte* und *Fotolabor*, zeigt die geheimen Verbindungsgänge und Treppen, die nur für die Besatzung bestimmt sind, damit das schwimmende Hotel reibungslos funktioniert, und legt in all dem ein Tempo vor, daß Mischa bereits der Kopf schwirrt. „Jetzt kommen wir zum A-Deck. Hier links im Vorschiff ist das Kino, mittschiffs sind die beiden Speisesäle und die Küche für die Passagiere." Jan Domsky drosselt sein Tempo, als hätte er nur auf diesen Augenblick hingearbeitet. Fast andächtig öffnet er die Tür zum Speisesaal. Im schwachen Licht blitzt goldbronzenes Mosaik an den Wänden, safrangelb bezogene Sesselchen stehen um dunkle Mahagonitische, Messinglampen, die an alte Segelschiffe erinnern.

„Schön", bewundert Mischa den prächtigen Raum. „Wenn ich mir vorstelle, was morgen hier los ist! Tellerklappern, Gespräche, Lachen, Musik. Die knallenden Sektkorken nicht zu vergessen!"

„Kommen Sie. Das Schönste ist die Küche!" Jan Domsky glüht vor Begeisterung, als wäre auch er zum ersten Mal hier.

Das müßte Papi sehen! denkt Mischa.

All die Töpfe und Pfannen, das Kupfergeschirr zum Flambieren, der blitzende Herd! Ab morgen werden hier täglich Schlachten geschlagen.

„Sie müssen wissen, Küchen sind meine Leidenschaft", gesteht Jan Domsky. „Wenn ich zu Hause bin, darf meine Frau die Küche nicht betreten. Dann koche ich!"

„Sie würden sich gut mit meinem Vater verstehen", meint Mischa lachend. „Der ist auch ein leidenschaftlicher Koch."

In einer Ecke steht ein Konditor über einen Tisch gebeugt und spritzt aus einer Baisermasse geschickt kleine Schwäne, Tannenbäumchen und Blumen auf ein Blech. Mischa tritt leise näher und verfolgt mit angehaltenem Atem die artistischen Kreise und Schwünge.

„Klasse! Sie sind ein Künstler!" flüstert sie andächtig, und der kleine Konditormeister lächelt geschmeichelt. „Ich möchte Sie nicht stören! Übrigens, ich bin die Reiseleiterin. Schultze."

Mischa streckt ihm die Hand hin, und der Konditor wischt sich hastig den Zuckerstaub von den Fingern.

„Bruno", sagt er mit einer kleinen verlegenen Verbeugung. Mischa ist die erste Reiseleiterin, die sich ihm persönlich vorstellt.

Als Mischa die Küche verläßt, hat sie einen Freund gewonnen.

Der zweite Speisesaal ist in Türkisgrün und Blau gehalten. An den Wänden tummeln sich Seepferdchen und bunte Fische. Jan Domsky läßt Mischa Zeit, alles gebührend zu bewundern. Dann bemerkt er Mischas Erschöpfung und beschließt, die Führung zu einem raschen Ende zu bringen. Er schießt den Gang entlang, als nähme er im Laufschritt eine Parade ab. „Im Vorschiff außer ein paar Kabinen der Filmvorführraum. Jetzt kommen wir zum Verandadeck."

„Verandadeck", wiederholt Mischa gehorsam und entschließt sich, doch die Schuhe auszuziehen, nachdem niemand in Sichtweite ist. „Warum haben wir eins ausgelassen? Das obere Deck, nicht wahr? Zwischen Hauptdeck und Verandadeck liegt das obere Deck!"

„Richtig. Aber dort befinden sich nur Kabinen, und die werden Sie morgen ohnehin studieren, wenn Sie die Programme und Hinweise für die Gäste verteilen. Hier – der Damenfriseur. Und dort gegenüber der Herrenfriseur. Das Büro des Pursers.

Ihr Chef. Auf dem Verandadeck ist die Neptun-Bar, die Haiti-Halle, der Waikiki-Salon, das Schreibzimmer und das Spielzimmer, die Casablanca-Halle, die Rio-Bar. Und schließlich hier das Außenschwimmbecken. Bibliothek, Boutique. Und jetzt gehen wir rauf zum Sonnendeck."

Mischa stöhnt leise. Sie schleicht hinter Jan Domsky her und versucht verzweifelt, sich die Namen der Räume, die sie eben im Eiltempo durchschritten haben, so gut es geht einzuprägen. Ihre Lippen bewegen sich lautlos, als flüstere sie Beschwörungsformeln.

Jan Domsky wirft ihr einen mitleidigen Blick zu. „Keine Sorge, gleich haben wir es geschafft. Das Sonnendeck. Außer den Kabinen hier der Nachtclub, die Promenade, dort hinten die Elektrozentrale."

„Falls bei mir restlos die Sicherung durchbrennt", murmelt Mischa und bringt ein gequältes Lächeln zustande.

„Dahinter das Büro des Deckstewards. Hubert Wormser heißt er. Netter Mann, ganz alter Hase. An seiner Brust können Sie sich getrost ausweinen, eine richtige Vaterfigur. Er ist so was wie ein Maskottchen für mich, wir kennen uns schon lange. Ich werde Sie morgen früh mit ihm bekanntmachen. So – bleibt nur noch das Brückendeck. Kommandozentrale, Wohnung des Kapitäns, Sicherheitszentrale, Funkstation, Speiseraum der Offiziere ..."

„Offiziersmesse", bemerkt Mischa, denn das hat sie irgendwo gelesen.

„Das wär's", stellt Jan Domsky zufrieden fest. „Alles klar?"

„Einigermaßen. Ich werde morgen noch ein bißchen üben müssen."

„Das haben Sie schnell raus. Trinken wir noch einen Kaffee?"

Er wartet Mischas Zustimmung gar nicht erst ab, führt sie zu einem der Deckstühle und rückt einen zweiten heran.

„Da, legen Sie die Beine hoch, ich bin gleich wieder da."

Der Kaffee bringt Mischas Lebensgeister zurück. Irgendwo tief in ihrem Inneren steigt kribbelnd die Vorfreude auf die Reise hoch. Schwierigkeiten? Wenn man nett zu den Passagieren ist, werden sie sich Mühe geben, auch nett zu sein. Ein bißchen Psychologie, ein bißchen gesunder Menschenverstand, eine Portion Humor und Geduld – dann läuft der Laden!

Mischa springt auf und geht zur Reling. Tief atmend saugt sie die Hafenluft ein, die schon ein bißchen nach Meer schmeckt, nach sonnendurchwärmtem Holz und Teer, und nach Fisch. Ist es möglich, daß sie gestern morgen noch mit Papi über die herbstlich graue Autobahn rollte und an den ersten Schnee dachte? „Schön ist das hier. Prost, Jan!" Lachend dreht sie sich zu ihm um und will ihm zutrinken. Mitten in der Bewegung hält sie inne. Zwischen Jan Domsky und ihr ragt ein großes schlankes Hindernis auf, ein männliches Wesen mit dunklen Haaren, dessen Blick erstaunt bis verständnislos auf ihren nackten Füßen ruht.

„Ach du lieber Himmel ...", rutscht es Mischa raus.

Vor ihr steht der Mann vom Frankfurter Flughafen. Der mit dem schluchzenden Mädchen um den Hals.

Jan Domsky schiebt sich an dem Schlanken vorbei und grinst breit. „Ihr Boß. Unser Chief Purser. Thomas Schultze-Vestenberg heißt er. Thomas – das ist unsere Reiseleiterin, Frau Schultze."

Mischa bleibt das Wort im Halse stecken. Stumm streckt sie dem Mann die Hand entgegen.

Der schaut noch einmal prüfend an ihr hinunter, ehe er ihr flüchtig die Hand drückt. „Wir hatten Sie früher erwartet", sagt er kühl. „Als Sie um neun Uhr immer noch nicht erschienen, bin ich noch mal kurz in die Stadt gefahren."

„Es tut mir sehr leid", sagt Mischa. „Freunde wollten mir die

Stadt zeigen. Ich war noch nie in Rio, wissen Sie?" haspelt sie herunter und erinnert sich erschrocken, daß er ja gesehen hat, mit wem sie zusammen war. Mit einer Flugzeugbekanntschaft. Ach was, schließlich geht ihn ihr Privatleben überhaupt nichts an.

„Herr Domsky war so freundlich, mir das Schiff zu zeigen", sagt Mischa und reißt sich zusammen. „Ich bin bereits bestens informiert."

„Sehr gut. Wir sehen uns dann morgen um neun Uhr in meinem Büro. Gute Nacht."

„Gute Nacht, Sir!" kann Mischa sich nicht verkneifen zu sagen.

Jan Domsky lacht stillvergnügt in sich hinein.

„Ziemlich eingebildet der Kerl, wie?" knurrt Mischa.

„Ich weiß nicht. Vielleicht ist er bloß schüchtern?"

„Der und schüchtern! Daß ich nicht lache. Aber warten Sie nur, der wird sich noch wundern!"

In dieser Nacht schläft Mischa unruhig. Im Traum ist sie bereits auf hoher See, die Passagiere fallen reihenweise über Bord, sie muß hinterherspringen und sie wieder herausholen. An der Reling steht der Chief Purser mit einer Flüstertüte und brüllt: „Sie brauchen zuviel Platz! Sie schwimmen nicht vorschriftsmäßig! Ihre Leistungen sind ungenügend, Frau Schultze!"

Mischa fährt hoch. Es ist taghell. Einen Augenblick weiß sie nicht, wo sie sich befindet. Draußen kreisen Möwen. Dumpfes Tuten und das Geräusch von schweren Dieselmotoren, die träge tuckernd näher kommen und sich wieder entfernen, bringen die Erinnerung zurück. Sie ist an Bord der *Aurora* im Hafen von Rio. Und jemand klopft an ihre Tür. „Ihr Kabinensteward. Ich sollte Sie wecken und Ihnen das Frühstück bringen."

Jan Domsky sei Lob, Preis und Ehr! denkt Mischa, als sie

einen Blick auf den Wecker wirft und feststellt, daß es bereits acht Uhr ist.

Mischa springt aus dem Bett und wirft sich ihren Morgenmantel über. Dann öffnet sie dem Steward die Tür. Ein breites, sommersprossiges Gesicht strahlt sie an, umrahmt von einem semmelblonden Lockenkopf, der nur mit Hilfe eines kurzen Haarschnitts einigermaßen gebändigt ist.

„Pieter Jong", stellt sich der Semmelblonde vor und schiebt sich mit einem großen Tablett an Mischa vorbei in die Kabine. „Ist es so recht?" Sein Tonfall ist unverkennbar holländisch.

Mischa wirft einen flüchtigen Blick auf das Tablett, schnuppert starken Kaffee, sieht Orangensaft und Spiegeleier mit knusprig gebratenem Speck.

„Rechter könnte es gar nicht sein. Danke, Pieter! Wir werden sicher gute Freunde werden." Mischa schüttelt ihm die Hand.

Pieter strahlt sie aus listigen, von Lachfältchen umgebenen Augen an. Sie haben die Farbe seiner Sommersprossen, goldbraun. Wimpern und Brauen sehen aus wie gebleicht. „Haben Sie noch einen Wunsch?"

„Nein, danke, ich muß mich beeilen. O verdammt, mein Kopf!" stöhnt Mischa. „Die Sonne gestern ist scheinbar ein bißchen zu viel gewesen für einen aus dem Regen kommenden Nordeuropäer."

Pieter zieht sich zurück, und Mischa macht sich über das Frühstück her. Nach der ersten Tasse Kaffee geht es ihr besser, und als sie wenig später unter der Dusche steht, ist sie bereits wieder bereit, die Welt in die Schranken zu fordern.

Zum Anziehen und für das Make-up nimmt sie sich Zeit. Der Chief, wie sie den Chief Purser zu nennen beschlossen hat, soll auch nicht das Geringste an ihr auszusetzen haben. Mischa wählt einen weißen Jeansrock mit passendem T-Shirt und gelber Leinenjacke, um den Hals eines der kostbaren Seidentücher von

Helen. Mit einem auf diese Weise vortrefflich untermauerten Selbstgefühl klopft Mischa an die Tür mit der Aufschrift *Chief Purser*, unter der zum besseren Verständnis derer, die des Englischen nicht mächtig sind, *Leitender Zahlmeister* steht.

„Bitte, kommen Sie schon rein."

Mischa gibt sich einen Ruck. „Guten Morgen ...", sagt sie und stellt erschrocken fest, daß sie nicht weiß, wie sie ihn anreden soll.

Der Chief ist für mindestens drei Sekunden sprachlos. Mischa vermerkt es mit Vergnügen. Einen Augenblick starrt er sie überrascht an, und eine Spur von Lächeln, gemischt mit Bewunderung, zeigt sich auf seinem Gesicht. Seine Augen sind von einem unverschämten Dunkelbraun, fast Schwarz. So was müßte verboten werden, denkt Mischa und spürt ein leises Kribbeln im Bauch, als habe jemand sie an eine elektrische Leitung angeschlossen.

Der Chief wird sofort wieder dienstlich. „Setzen Sie sich, wir haben nicht viel Zeit, und es gibt eine Menge zu tun. Haben Sie Ihre Unterlagen bei sich?"

„Selbstverständlich, hier."

„Ab vier Uhr geht der Rummel los. Bis dahin muß alles fertig sein. Jeder Passagier muß sein Informationsblatt auf dem Tisch haben, den Veranstaltungskalender und so weiter, Sie werden sich ja schon Gedanken gemacht haben!"

„Ich habe mir Gedanken gemacht."

„Würde es Ihnen was ausmachen, mich für die nächsten Minuten nicht zu unterbrechen? Ich möchte Ihnen ein paar zusätzliche Informationen geben."

„Okay, schießen Sie los." Hochnäsiger Büffel, denkt Mischa. Das werde ich dir noch abgewöhnen.

„Wie ich höre, ist dies Ihre erste Seereise überhaupt. Deshalb ist es wichtig für Sie zu wissen ... eh ... Haben Sie nichts zu schreiben da? Es wäre gut, wenn Sie sich ein paar Notizen machten."

Gehorsam kramt Mischa Block und Stift aus ihrer Aktenmappe und schaut den Mann erwartungsvoll an. Der scheint durch sie hindurchzusehen, hockt da wie ein meditierender Guru, den Blick in die Unendlichkeit gerichtet. Denkt er an seine Freundin? Mischa sieht sich vorsichtig um, aber nirgends ist ein Foto des Mädchens vom Flughafen zu entdecken. Sähe ihm auch nicht ähnlich, seinem Büro einen Hauch von privater Atmosphäre zu geben. Sicher trägt er sie in der Brieftasche mit sich herum, genau über dem Herzen. Mischa weiß selbst nicht, warum sie dieser Gedanke ärgert.

Er kehrt in die Wirklichkeit zurück, richtet sich auf und räuspert sich. Was nun auf Mischa herunterprasselt, ist eine Vorlesung über den Umgang mit Passagieren, schwierigen und weniger schwierigen, alten und jungen, über das Leben auf See, die Hierarchie auf einem Schiff, über Notfälle und Unfälle, über das Verhalten bei Seenot und Katastrophen, über die Kunst der Improvisation, wenn Landausflüge platzen, Busse nicht rechtzeitig da sind, Programme nicht eingehalten werden können. Mischa spürt: hier spricht ein Profi zu ihr, der ihr in einer Kurzfassung seine Erfahrungen auf See einschließlich sämtlicher auf ihre Wirksamkeit geprüften Tricks vermitteln will. Ihr Stift fliegt nur so über das Papier.

„Legen Sie ein Notizbuch an", sagt der Chief. „So etwas wie ein eigenes Bordbuch. Und gewöhnen Sie sich daran, alles aufzuschreiben."

„Ich habe ein gutes Gedächtnis", wagt Mischa zu widersprechen.

„Trotzdem. Sie werden sehen, wie nötig Sie eine solche Gedächtnisstütze haben, wenn täglich Hunderte von Passagieren auf Sie einreden und jeder mit seinen Sonderwünschen kommt. Und noch eins. Bitte richten Sie sich darauf ein, Beruf und Privatleben streng voneinander zu trennen. Hier auf dem Schiff sind Sie ständig im Dienst, vergessen Sie das bitte nicht."

„Na hören Sie mal, wofür halten ..."

„Ich denke, wir haben uns verstanden, Frau Schultze", unterbricht der Chief sie kühl. „Wofür ich Sie halte, steht hier gar nicht zur Debatte."

Mischa beißt sich auf die Lippen. Sie ist feuerrot geworden vor Zorn, aber sie ist klug genug, nichts zu erwidern. Na warte, du! denkt sie nur. Eines Tages kriegst du das zurück, das lasse ich nicht auf mir sitzen!

„Ist das jetzt alles? Ich möchte an die Arbeit gehen", sagt sie steif und beginnt ihre Unterlagen einzupacken.

„Es ist alles. Wir sehen uns später." Er schaut nicht einmal mehr auf. „Übrigens ...", sagt er beiläufig, als Mischa schon an der Tür ist, „Sie können Tom zu mir sagen. Das tun hier alle."

Mischa schluckt.

„Okay, Tom – dann werde ich es so halten wie alle anderen auch. Ich nehme an, unsere Gäste sollen den Eindruck gewinnen, wir seien eine große fröhliche Familie", fügt sie sarkastisch hinzu.

„So ist es."

Warum nur klingt alles, was er sagt, so gräßlich überheblich?

„Ich verstehe. Falls es Sie interessiert – ich heiße Mischa. Sie können mich aber auch einfach Schultze rufen, wenn Ihnen das mehr gibt."

„Ich werde mich hüten. Wenn Sie funktionieren und der Laden läuft, werde ich Sie Engelchen nennen. Und wenn nicht, bleiben Sie Frau Schultze."

Mitten in sein ironisches Grinsen hinein schließt Mischa die Tür hinter sich. Ziemlich geräuschvoll. Was bildet sich der Kerl überhaupt ein! Tut, als wäre sie gerade dem Kindergarten entwachsen! Wütend stapft sie in ihr Büro hinauf.

Zum Glück hat sie keine Zeit mehr, ihrem Zorn und den Gedanken an den Chief nachzuhängen. Ein Haufen Arbeit erwartet sie.

In den nächsten Stunden erkundet Mischa das Innere der *Aurora* allein. Ein paarmal verläuft sie sich hoffnungslos und wird von hilfsbereiten Besatzungsmitgliedern wie ein verirrtes Kind wieder an ihrem Büro abgeliefert. Die ungewohnte Hitze macht ihr zu schaffen. Wie herrlich wäre es, jetzt einfach in Shorts und Top herumzulaufen!

Beim Mittagessen lernt sie den Kapitän und die übrigen Offiziere kennen. Es herrscht Premierenstimmung, das letztemal für lange Zeit sind sie unter sich, es wird geblödelt und gelacht. Insiderspäße. Mischa kommt sich schrecklich verloren vor, nicht einmal das gute Essen kann sie trösten.

Unauffällig beobachtet sie die Männer, zu deren Crew sie nun gehören wird. Den Kapitän hat sie sich älter vorgestellt. Sommerfeld heißt er. Er sieht überhaupt nicht wie ein Seebär aus, erinnert eher an einen Boß der Autoindustrie: dynamisch, cool, ein Technokrat, keine Spur von Romantik. Er scheint nach Beton und Stahl zu riechen statt nach Salzwasser und sturmgepeitschten Meeren.

Der Leitende Offizier hat etwas von James Bond. Brutalität im maßgeschneiderten Anzug. Tatarenbart und Stirnglatze. Georg Brunner heißt er. Hinter dem sind die Frauen sicher dutzendweise her.

Außer Jan Domsky gibt es noch einen zweiten Offizier. Klein und drahtig, helle Stimme, zappelig wie ein Foxterrier. Sein Name ist Wecker. Paßt zu ihm. Wer den quasseln hört, muß wach werden, auch wenn er noch so müde ist, denkt Mischa.

Der Leitende Ingenieur ist Norweger. Olaf Larsson. Er erinnert Mischa an ihren Lateinlehrer: Brille, schmale Lippen, die strähnigen Haare von einem fahlen Blond.

Funkoffizier Baumann würde sich auch als Operntenor überzeugend machen. Auffallend ist sein breiter Ehering. Ob er eine eifersüchtige Frau hat?

Dr. Borchert, der Schiffsarzt, ist eine echte Vaterfigur. Er hat mindestens zehn Kilo Übergewicht, einen schwarzen Schnauzbart, dunkles, volles Haar – ein gutmütiger Bär. Wenn er lacht, scheint der ganze Raum zu vibrieren.

Jetzt reden sie über den Konsul. Machen ihre Witzchen, werfen warnende Seitenblicke auf Mischa und wechseln schnell das Thema. Was soll das – halten sie sie für einen Spitzel? Vielleicht sogar für die Geliebte des Alten? Soll sie etwas sagen? Das macht die Sache womöglich nur schlimmer. Mit der Zeit werden sie schon dahinterkommen, daß sie nicht der Typ ist, der mit alternden Papis Händchen hält, um am Monatsende einen größeren Scheck in Empfang zu nehmen.

Mischa ist froh, als das Essen vorüber ist und sie wieder an ihre Arbeit gehen kann. Inzwischen sind auch ihre Assistentinnen an Bord gekommen: Jutta, kurzes Haar und herb, ein Profi in Touristikfragen, wie Mischa bald erleichtert feststellt. Und Inge, rund und klein, ein vergnügter Pudelkopf mit Knopfaugen, unkompliziert und ständig herzzerreißend verliebt in irgendwen. Zur Zeit in den Barmixer der Neptun-Bar.

Alle fünf Minuten lernt Mischa jemanden kennen. Die Masseuse stellt sich ihr vor, dann erscheint der Bordfotograf. Die Kosmetikerin kommt, und die Verkäuferin aus der Boutique. Der Friseur wirft einen mißbilligenden Blick auf Mischas lange glatte Haare, die modischen Tendenzen widersprechen.

Mischa hat es gerade noch geschafft, unter die Dusche zu gehen und sich umzuziehen. Über Lautsprecher wird „zum

Sammeln geblasen", wie es Inge lakonisch nennt. Mischa geht zur Gangway, wo sie gemeinsam mit dem Assistenten des Oberstewards die Gäste begrüßen wird. Im Hintergrund warten die „Truppen", Stewards, die die Passagiere in ihre Kabinen begleiten werden.

„Mein Gott, das ist doch nicht möglich!" entfährt es Mischa, als sie in den Hafen hinunterschaut. „Warum in aller Welt drängeln die so? Die tun gerade, als führe die *Aurora* in zehn Minuten ab!"

„Das ist immer so. Weiß auch nicht, warum es den Leuten Spaß macht, Schlange zu stehen", brummt der Steward.

Lächeln, Michaela, lächeln! befiehlt sie sich. Diese dunkle, dicht gedrängte Masse da unten macht ihr Angst. Ein Matrose löst die Kette von der Absperrung und gibt den Weg frei. Die ersten Passagiere schieben sich mit ihrem Gepäck die Gangway hinauf. Mischa nimmt die Schiffskarten entgegen, liest schnell den Namen und begrüßt die Passagiere wie lang erwartete gute Freunde.

„Frau Brinkmann, herzlich willkommen an Bord! Ich bin Michaela Schultze, Ihre Reiseleiterin. Der Steward wird Sie in Ihre Kabine bringen."

Weiter, der nächste, bitte. Ehepaar mit zwei erwachsenen Kindern. Amerikaner. „Mister Baker, madam, may I welcome you on board our *Aurora!* I'm your hostess and my name is …"

Nach einer Viertelstunde kommt sich Mischa vor wie eine zerkratzte CD. Namen lesen, Händchen drücken, Verschen sagen, weiter, der Nächste bitte. Das Lächeln gefriert zur Maske. Sehr bald gibt sie es auf, sich die Namen zu den Gesichtern einzuprägen, das hat Zeit bis später. Sie sieht nur noch eine nicht abreißende Kette von menschlichen Körpern zwischen Bergen von Koffern, Beauty-cases, Badetaschen, Fotoapparaten. Hände, die sich ihr entgegenstrecken, braune, weiße, schmale, rundliche, alte, junge, runzlige, Hände mit Dutzenden von Brillantringen, blitzenden Steinen, Siegelringen, Eheringen, gepflegte Hände, abgearbeitete Hände, lackierte Nägel, kurzgeschnittene Nägel, wohlgeformte und häßliche, Hände von Menschen, die viel Zeit haben, und Hände von Menschen, die nie Zeit haben.

Auf der Gangway verliert eine Vollbusige die Nerven. Die Hitze macht ihr zu schaffen. Sie kann weder vor noch zurück. Jetzt macht sie ihrem Ärger mit wilden Beschimpfungen Luft.

„Eine Unverschämtheit dat, da zahlt man ein Vermöjen und muß hier stundenlang in der Hitze Schlange stehn! Wenn ich dat jewußt hätte, hätte ich auf die Reise verzichtet! Wer sind wir denn, dat wir hier anstehen müssen! Ist ja wie im Krieg! Warum wird so wat nicht orjanisiert?" Sie schimpft vor sich hin, bis sie vor Mischa gelandet ist.

Mischa betrachtet sie freundlich interessiert und nimmt ihr lächelnd die Schiffskarten ab. Wen haben wir denn da – Frau Hübscher mit Töchtern. Na, ich habe schon hübschere gesehen ... Frau Hübscher, Sie haben's nötig.

„Herzlich willkommen an Bord, Frau Hübscher! Es tut mir sehr leid, aber daß der Ansturm gleich in der ersten Stunde so groß ist, liegt leider außerhalb unseres Einflußbereichs. Wären Sie ein, zwei Stunden später gekommen ..."

„Warum macht man nicht mehrere Einjänge? Dat schmale Ding hier, dat ist ja schon halb am Zusammenbrechen", motzt Frau Hübscher in unverkennbarem Ruhrpottdialekt, und ihre Töchter nicken gehorsam.

„Das ist technisch leider nicht möglich", sagt Mischa liebenswürdig. „Wir könnten Sie allenfalls mit dem Kran hochziehen."

Schallendes Gelächter antwortet von der Gangway. Frau Hübscher entschließt sich, nicht übelzunehmen, sie hat hier offenbar das Publikum nicht auf ihrer Seite. Brummelnd folgt sie dem Steward ins Innere der *Aurora*.

Mischa ist schon bei der nächsten Karte. Ruth Prager.

„Sie haben eine schwere Aufgabe. Ich bewundere Ihre Geduld", sagt eine warme, dunkle Stimme, ehe Mischa aufblicken kann.

Vor ihr steht eine zierliche alte Dame mit weißem Haar und einem auffallend jugendlichen Gesicht, in dem ihr sofort die schmale Nase und die übergroßen dunklen Augen auffallen. Von der kleinen Person strahlt eine ansteckende Fröhlichkeit aus. Mischas Stimmungsbarometer klettert auf ein neues Hoch.

„Herzlich willkommen, Frau Prager, ich wünsche Ihnen eine schöne, erholsame Zeit an Bord der *Aurora!* Und wenn Sie irgendwelche Fragen oder Probleme haben, kommen Sie bitte zu mir. Ich freue mich, daß Sie mit uns reisen!"

„Danke. Danke, meine Liebe! Wir werden uns sicher gut verstehen."

Wenn doch alle so wären, denkt Mischa. Dann wäre die Reise das reinste Urlaubsvergnügen. Aber ich bin schließlich nicht hier, um Ferien zu machen.

„Ach, du lieber Himmel!" hört sie hinter sich den Steward murmeln. „Der hat uns gerade noch gefehlt."

„Wer?" flüstert Mischa.

„Mister Pennymaker mit Anhang. Milliardär, schwer krank, angeblich liegt er seit zwanzig Jahren im Sterben. Was ihn aber nicht hindert, das ganze Jahr herumzureisen."

„Und die alten Damen?"

„Sind seine Schwestern. Sie sollen auf ihn aufpassen, damit er keine Dummheiten macht. Na, Sie werden ja sehen!"

Mischa begrüßt Mister Pennymaker und seine Begleiterinnen, die außer einem zusammenklappbaren Rollstuhl ein Arsenal von Krückstöcken mit sich herumschleppen. Ihnen folgen zwei Hotelboys mit umfangreichem Gepäck.

Der nächste ist Herr Rahlff aus Hamburg. Ein fröhlicher Dicker mit Glatze und blitzenden Brillengläsern. Er drückt Mischa die Hand auf eine Weise, die bei ihr sofort ein rotes Warnlicht aufleuchten läßt. Mit mir nicht, Herr Rahlff, da müssen Sie sich eine andere suchen.

Nehmen Sie zum Beispiel die hier. Wackernagel Cordula, von Beruf unabhängiges Mädchen mit gutem Gehalt. Sieht sympathisch aus. Wenn sie ein bißchen mehr aus sich machte, könnte sie ganz attraktiv sein.

Dann kommt Ehepaar Schiller aus Karlsruhe. Lieb. Schauen aus, als hätten ihnen die Kinder die Reise zur Silberhochzeit geschenkt.

Mischa fühlt, wie die Spannung weicht. Das Gedränge läßt nach, sie kann sich mehr Zeit nehmen. Schräg über ihr an der Reling steht die kleine Frau Prager und nickt ihr zu. Zwei alte Damen nähern sich langsam und umständlich, sie tuscheln aufgeregt miteinander, und als sie bei Mischa angekommen sind, beginnen sie verzweifelt nach den Schiffskarten zu suchen. Die eine trägt einen samtbezogenen Kasten im Arm, den sie fest an sich preßt, während sie mit der freien Hand in ihrer Reisetasche wühlt.

„Darf ich helfen? Warten Sie, ich halte Ihnen das so lange", sagt Mischa und greift nach dem Samtkasten.

„Nein! Nein, danke, lassen Sie nur, es geht schon!" In den Augen der alten Dame malt sich tiefes Entsetzen. „Es ist mein gesamter Schmuck, wissen Sie, den gebe ich nie aus der Hand."

„Oh, da können Sie ohne Sorge sein, wir haben absolut sichere Safes an Bord", beruhigt Mischa sie.

„Ich gebe ihn nie aus der Hand", beharrt die alte Dame eigensinnig und findet endlich die Schiffskarten.

„Beeil dich, Charlotte, ich halte es nicht mehr aus", stöhnt hinter ihr die andere.

„Ist Ihnen nicht gut?" erkundigt sich Mischa erschrocken und stützt die Schwankende, während der Steward nach einem Stuhl rennt.

„Es ist das Herz. Mein Herzmittel, um diese Zeit muß ich es nehmen!"

„Aber natürlich, sofort. Darf ich?" Mischa greift nach der Handtasche und wirft einen Blick hinein. „Wenn Sie mir sagen, wo ich es finde! Im Gepäck? Und wo haben Sie Ihr Gepäck, Frau ..." Mischa schaut auf die Schiffskarten, „Frau Eulenhagen?" Mischa winkt einem der Stewards, ihr zu helfen. Dann wirft sie einen Blick auf die Schiffskarten. „H 158, kommen Sie, hier entlang bitte ..."

Mit vereinten Kräften gelingt es ihnen, die schweratmende alte Frau zu ihrer Kabine zu bringen. Schnapsidee, ein Medikament, auf das man angewiesen ist, nicht ständig bei sich zu tragen, denkt Mischa. Hoffentlich klappt sie uns nicht auf halbem Wege zusammen! Aber sie schaffen es. Der Steward öffnet die Tür, und Mischa führt die Frau zum Bett. „Legen Sie sich einen Augenblick nieder, das werden wir gleich haben. In welchem Koffer ... Ja, wo ist denn das Gepäck?"

Mischa sieht sich um, schaut in den Schrank, ins Bad – kein Zweifel, das Gepäck ist nicht da! Der Steward zuckt mit den Achseln. Die beiden Schwestern jammern um die Wette.

„Nur keine Sorge, meine Damen, Ihr Gepäck kommt sofort. Ich kümmere mich persönlich darum. Bin gleich wieder da!"

Mischa winkt dem Steward, ihr zu folgen und stürmt nach draußen.

„Wo zum Teufel kann das verdammte Gepäck dieser verd ..., dieser zauberhaften alten Schachteln sein", flüstert sie erregt, als sie draußen sind. „Warum ist es nicht in der Kabine? Wann ist es denn gebracht worden – und wer hat es entgegengenommen?"

Der Steward starrt sie mit offenem Mund an. Er ist sehr jung und vermutlich noch nicht lange in diesem Beruf.

„Keine Ahnung", bringt er schließlich heraus.

„Na, was geschieht, wenn hier Gepäck für jemanden vorausgeschickt wird?"

„Es wird sofort auf die Kabine gebracht."

„Und wenn es dort nicht ist?"

„Dann ist es vielleicht in einer anderen Kabine."

„Und wie viele Kabinen haben wir? Über dreihundert! Toll. Inzwischen ist die Alte sanft entschlafen. Na los – spritzen Sie schon auseinander und suchen Sie! Und holen Sie den Arzt!"

„Was soll ich nun zuerst tun – den Arzt holen oder das Gepäck suchen?"

„Beides. Ach was, den Arzt her, schnell – ich kümmere mich inzwischen um das Gepäck."

Mischa schwebt zurück in die Kabine, von Kopf bis Fuß fröhliche Zuversicht und mütterliche Fürsorge. „Nur noch einen kleinen Augenblick Geduld, es hat da offenbar eine Verwechslung gegeben. Sagen Sie mir doch bitte, wie sieht Ihr Gepäck aus?"

Die beiden Damen haben nur auf dieses Stichwort gewartet. Beide schnattern los, als hätte man sie zu einem Wettreden aufgefordert, für eine schwer Herzkranke kurz vor dem letzten Schnaufer eine beachtliche Leistung. Leider widersprechen sich die Aussagen völlig. Nach einer Weile scheint zumindest festzustehen, daß sich das lebensrettende Medikament in einer großen Reisetasche mit Petit-point-Stickerei befindet. Mischa stürmt davon.

Kabine 158 haben die Schwestern. Kann es sein, daß man das Gepäck auf 58 gebracht hat? Vielleicht hat sie Glück …

Nr. 58 liegt auf dem oberen Deck. Mischa rennt den Gang hinunter. Natürlich ist der Lift besetzt! Also die Treppe ... Auf dem oberen Deck flanieren die Passagiere, beginnen ihr schwimmendes Hotel zu erkunden. Mischa taucht zwischen ihnen durch, windet sich wie ein Slalomläufer um die Grüppchen herum.

Von weitem sieht sie, wie sich die Tür der Kabine 58 öffnet, ein Steward mit einer umfangreichen Reisetasche in bunter Petit-point-Stickerei herauskommt und in die entgegengesetzte Richtung davonmarschiert.

„Halt! ruft Mischa. „Halt, so warten Sie doch!"

Der Steward fühlt sich nicht angesprochen.

„He!" Mischa winkt verzweifelt hinter ihm her.

Leider übersieht sie bei ihrem neuerlichen Start einen um die Ecke biegenden weiteren Steward, der mit einem Tablett voller Sektgläser nebst Eiskübel und Champagnerflasche Mischas Slalomstrecke kreuzt. Sie prallen frontal aufeinander, Gläser und Flasche geraten ins Wanken, der Korken schießt mit einem erleichterten, dumpfen „Pflopp!" vorzeitig aus der Flasche, ihm folgt eine Fontäne, die sich zu gleichen Teilen über Mischa und den Steward ergießt. Die Passagiere kreischen auf, quietschen vor Vergnügen, schließlich ist man in Ferienstimmung.

„Na, prost", stöhnt Mischa und rappelt sich auf.

Zwanzig Meter weiter – sie ist in Höhe der Zahlmeisterei angelangt – wird eine Tür aufgerissen. Der Chief, das hat ihr gerade noch gefehlt!

„Es tut mir leid, ich erkläre Ihnen alles später!" ruft Mischa und rennt weiter.

„Bitte kommen Sie anschließend sofort in mein Büro, Frau Schultze", tönt es streng in ihrem Rücken.

Einen tollen Einstand hat sie da gegeben! Mischa sieht sich bereits von Bord gehen, ehe das Schiff in See gestochen ist.

Vor dem Lift erwischt sie den Steward mit der Tasche. Und eine Minute später ist sie bei den beiden alten Damen. Das Gepäck ist inzwischen in der Kabine. Eine Petit-point-Tasche ist nicht darunter. Und die, die Mischa in der Hand hält ...

„Nein, das ist nicht meine", sagt Frau Eulenhagen mit leicht angewidertem Gesichtsausdruck. „So etwas Häßliches habe ich mein Leben lang nicht besessen."

„Aber Ihr Medikament?" Mischa fühlt ein Zittern in den Knien.

„Habe ich längst genommen. Ich hatte das Fläschchen versehentlich in meine Manteltasche gesteckt. Nachdem Sie gegangen waren, fiel es mir ein. Ein Segen, nicht wahr?"

„Wahrhaftig", sagt Mischa trocken. „Nun müssen wir nur noch die richtige Reisetasche finden."

„Ach, die hatte ich gar nicht mit, ist mir eingefallen", sagt die Dame vergnügt.

Zum Glück schiebt sich in diesem Augenblick die mächtige Figur Dr. Borcherts in die Kabine und enthebt Mischa der Versuchung, eine spitze Bemerkung zu machen. Sie verabschiedet sich und kehrt an die Gangway zurück.

„Wie sehen Sie denn aus?" Der Steward grinst. „Also, ich ziehe mich ja immer aus, bevor ich unter die Dusche gehe."

„Nicht, wenn ich in Champagner bade", erwidert Mischa und beschließt, sich doch lieber erst einmal umzuziehen.

„Die meisten sind da. Lassen Sie mich das hier ruhig weitermachen und kümmern Sie sich um die in der Neptun-Bar. Bei der Tischreservierung gibt's immer ein Gedränge, da werden Sie sicher nötiger gebraucht."

Mischa sieht in den Hafen hinunter. Nur noch vereinzelt fahren Taxis vor und entlassen Passagiere mit großem Gepäck. Jetzt stehen dort unten Schaulustige, die auf die Abfahrt der *Aurora* warten.

Auf dem Weg zu ihrer Kabine beschließt Mischa, das unerfreuliche Gespräch mit dem Chief gleich hinter sich zu bringen.

„Halten Sie das für den geeigneten Aufzug einer Reiseleiterin", sagt er, kaum daß sie die Tür hinter sich geschlossen hat. „Vielleicht ziehen Sie sich erst mal um!"

„Das wollte ich gerade tun." Mischa spürt, wie die Wut über seine kühle, hochnäsige Art von neuem in ihr hochsteigt. „Aber ich hielt es für richtiger, Sie nicht warten zu lassen. Darf ich Ihnen den Vorfall jetzt erklären?"

„Das ist nicht nötig. Was immer Sie bewogen hat, im gestreckten Galopp den Gang herunterzurennen – schon gut, ich bezweifle nicht, daß Sie einen triftigen Grund hatten –, ich möchte Sie bitten, das in Zukunft nicht mehr zu tun. Wir sind hier kein Kindergarten und auch kein Zirkus. Wir arbeiten schnell und präzise, aber unauffällig. Ich weiß, Sie müssen das alles erst lernen. Vor allem müssen Sie lernen, über der Sache zu stehen und sich nicht von ein paar schrulligen alten Leuten herumkommandieren zu lassen."

„Aber die Dame hatte einen Herzanfall!"

„Die Dame war meilenweit von einem Anfall entfernt. Ihr gutes Herz in allen Ehren, aber gebrauchen Sie in Zukunft zunächst mal Ihren Verstand, Frau Schultze. Danke, das wär's."

Wenn er „Frau Schultze" sagt, klingt es wie eine Ohrfeige. Mischa schleicht wie ein begossener Pudel nach draußen. Zum Glück hat sie nicht viel Zeit, Trübsal zu blasen. Kaum hat sie das Büro des Chiefs verlassen, wird sie schon von Passagieren bestürmt.

„Wo geht's denn eigentlich zur Neptun-Bar?"

„Können Sie uns bei der Tischreservierung behilflich sein?"

„Ach, bitte, ist das Schwimmbad schon geöffnet?"

„Wo kann man hier Tee trinken?"

Mischa bemüht sich mit einem gewinnenden Lächeln, ihren Aufzug vergessen zu lassen, gibt nach allen Seiten Auskunft und bewegt sich langsam rückwärts auf die Treppe zu.

„Sie müssen mich bitte jetzt entschuldigen. Sie sehen, ich hatte eine unfreiwillige Begegnung mit einem Tablett voller Getränke, ich muß mich schnell umziehen. Wir sehen uns in einer Viertelstunde in der Neptun-Bar!"

Die Bar ist überfüllt. Alles drängt sich um den Tisch, an dem Jim Heller, der smarte Obersteward, die Tischreservierungen vornimmt. Eine langwierige Prozedur, die von den wartenden Passagieren unterschiedlich aufgenommen wird. Die einen nutzen die Wartezeit mit dem Ausprobieren der angebotenen Drinks oder sichten ihre Reiseteilnehmer, denn man will ja wissen, mit wem man es zu tun hat. Die anderen schimpfen über die lange Wartezeit und versichern sich gegenseitig, wie sie selbst das alles viel besser organisiert hätten.

Mischa hat ein hellblaues Leinenkleid angezogen, auf dem ihre „Hundemarke", wie sie ihre Reiseleiterplakette nennt, gut zur Geltung kommt. Als sie die verräucherte Bar betritt, kommt sie sich einen Augenblick vor, als spränge sie in ein Haifischbecken. Von allen Seiten stürmt man auf sie ein.

„Ich mache Ihnen einen Vorschlag, meine Herrschaften", ruft sie über die Köpfe hinweg. „Ich notiere mir Ihre Wünsche, die Reservierung betreffend, und werde die Eintragung für Sie vornehmen lassen, damit Sie nicht so lange warten müssen."

Ein dankbarer Blick Jim Hellers trifft sie, als sie ihm über die Schulter schaut, um sich ein Bild von den bereits gebuchten Plätzen zu machen. Dann zieht sie sich mit Papier und Stift bewaffnet an einen Tisch zurück und beginnt Namen und Wünsche zu notieren. Erstaunt nimmt sie zur Kenntnis, wie unterschiedlich die Vorstellungen der Gäste sind.

„Wenn es geht, neben Leute aus unserer Gegend. Rheinland oder Ruhrgebiet."

„Bitte nur zu wirklich gebildeten Leuten. Keine Proleten!" tönt eine Dame, die aussieht, als hätte sie einen Stand auf dem Hamburger Fischmarkt.

„Nicht in die Nähe von Kindern, ich möchte meine Ruhe haben."

„Nicht zu Ausländern an den Tisch!" verlangt ein anderer.

„Wenn es geht, neben Engländer oder Amerikaner, damit man sein Englisch ein bißchen auffrischen kann", bittet ein junges Ehepaar.

„Nicht zu nahe beim Orchester!"

„Bloß nicht an der Tür zur Küche!"

„Eine ruhige Ecke!"

„Irgendwo, wo man den ganzen Betrieb übersehen kann, man will doch was erleben!"

„An den Tisch des Kapitäns, wenn es geht!" hört Mischa am häufigsten. Gehorsam notiert sie alles. Was später daraus wird, ist eine andere Sache. Vermutlich wird sie all ihre Phantasie und einen blumenreichen Wortschatz benötigen, um jedem einzureden, der Platz, den sie für ihn bekommen habe, sei absolut ideal und nicht zu übertreffen.

„Ich hätte gern einen Platz an der Seite der Reiseleiterin", sagt plötzlich eine Stimme hinter ihr. „Würden Sie bitte notieren? Peter Michelsen."

Mischa fährt hoch.

„Peter! Wie kommst du hierher?"

„Ganz einfach! Ich bin Passagier auf der *Aurora*. Ich trage meine Schiffskarte seit zwei Monaten mit mir herum." Er grinst unverhohlen über den gelungenen Spaß. „Ich hoffe, du bist nicht allzu erschreckt über die Tatsache, daß du mich betreuen mußt!"

„Das wird sich herausstellen", antwortet Mischa lachend. Sie fühlt sich plötzlich leicht und frei. Als könne jetzt nichts mehr schiefgehen. Peter Michelsen ist wie eine schützende Mauer in ihrem Rücken.

Ein leises Zittern geht durch den Schiffskörper. Die *Aurora* wird wach, bereitet sich, in See zu stechen. Es ist, als ob sie ungeduldig mit den Hufen stampfte, wie ein edles Pferd vor dem Rennen. Das Geräusch der Motoren, auch wenn es hier oben kaum spürbar ist, wirkt wie elektrisierend auf die Reisegesellschaft. Wer nicht unbedingt hierbleiben muß, rennt nach draußen. Dabei ist bis zur Abfahrt noch reichlich Zeit, aber das leise Brummen der Maschinen wirkt wie ein Sog. Mischa benutzt die Gelegenheit, mit Jim Heller die Platzreservierungen zu besprechen. Peter Michelsen bringt ihr einen Orangensaft und zieht sich diskret zurück.

Als sie endlich die Neptun-Bar verläßt, um in ihrem Büro nach dem Rechten zu sehen, bereitet sich die *Aurora* darauf vor, den Hafen von Rio zu verlassen. Mischa hört das Lachen und Rufen, spürt die leise Bewegung des Schiffes, aber sie hat keine Zeit, sich an die Reling zu stellen und das Ablegemanöver zu verfolgen. Im Büro gibt es eine Menge zu tun, und vor dem Dinner muß sie sich noch umziehen.

Auf dem Schreibtisch wartet ein Haufen Notizzettel. Beschwerden, Anfragen, Sonderwünsche.

„Machen Sie sich nichts draus", sagt Jutta lakonisch, „das meiste davon ist sowieso nicht Ihr Bier. Die wollen sich nur wichtig machen."

„Kümmern muß ich mich jedenfalls darum", widerspricht Mischa. „Die Leute sollen nicht das Gefühl haben, als schöbe ich sie ab. Ich mache mich gleich auf den Weg."

In der Zahlmeisterei herrscht Hochbetrieb. Wer einen Safe benötigt, wer Geld tauschen oder sich einfach nach den neuesten Kursen erkundigen will, belagert die Schalter, hinter denen die Mitarbeiter des Chiefs bereits Zeichen leichter Erschöpfung zeigen. Für sie sind diese ersten Stunden die schlimmsten.

„Bei euch geht's ja zu wie beim Sommerschlußverkauf", bemerkt Mischa kopfschüttelnd.

Das nächste Problem ist der gewünschte Babysitter für Kabine 183. Wie sich herausstellt, ist das Baby bereits fünf Jahre alt, ein kleines Mädchen, das mit aller Gewalt durchsetzen möchte, den Abend bei den Erwachsenen zu verbringen. Und mit aller Gewalt heißt bei ihr: mit Heulen, Jammern und Tränen, sie könne nicht allein bleiben, sie fürchte sich so schrecklich.

Mischa überblickt die Lage sofort. Derlei Tricks sind ihr aus ihrer eigenen Kindheit gut vertraut, und sie kennt auch die Mittel dagegen.

„Wie heißt du?" fragt sie das Kind sanft und kniet sich auf den Boden, um in Blickhöhe mit der Kleinen zu sein.

„Susanne", schnieft das Mädchen und wirft Mischa einen jammervollen Blick zu.

„Susanne, hast du Lust einen Augenblick mit mir zu kommen?"

Susanne nickt und späht zu ihren Eltern hinüber. Dann ergreift sie Mischas Hand und marschiert zur Tür. Dort dreht sie sich noch einmal um und wirft einen verachtungsvollen Blick auf die Eltern zurück, als wolle sie sagen: Das habt ihr nun davon. Die hier versteht mich wenigstens!

Daß Susanne eine kleine Eva ist, hat Mischa sofort erkannt. Und daß der Kabinensteward ein ganz besonders junger, hübscher Koreaner ist, hat sie vorhin gesehen.

„Ich werde dir jetzt einen sehr netten jungen Mann vorstellen, Susanne. Er wird sich um dich kümmern, wenn du einen Wunsch hast, und vor deiner Tür aufpassen, wenn du schläfst, damit niemand dich stören kann. Und wenn du ihn ganz lieb bittest, erzählt er dir vielleicht sogar eine Geschichte oder spielt etwas mit dir. Später, wenn ich mehr Zeit habe, mache ich das auch!"

Hoffentlich spricht er überhaupt Deutsch, denkt Mischa. Zum Glück tut er es, wenn auch mit einem starken Akzent, der Susanne sofort fasziniert. Mischa erklärt dem Jungen, worum es geht. Innerhalb weniger Minuten ist die kleine Susanne bereit, alles für ihn zu tun, sogar ohne Geschrei ins Bett zu gehen, wenn er verspricht, ihr nachher eine Geschichte zu erzählen.

Als Mischa auch den letzten ihrer Notizzettel als erledigt zerreißen kann, gehen die ersten Passagiere bereits in den Speisesaal. Auf der *Aurora* herrscht Hochbetrieb. Alle Gesellschaftsräume sind geöffnet, die Bars belagert, das Orchester spielt, und hinter den Kulissen bereiten sich Künstler auf ihre ersten Auftritte vor. Das ganze Schiff scheint vor Lebenslust zu vibrieren. Eine Stimmung wie Weihnachten, denkt Mischa, als sie – gerade noch rechtzeitig – den Speisesaal betritt, wo Kapitän Sommerfeld eben im Begriff ist, seine Begrüßungsansprache vom Stapel zu lassen.

„Na, schon total fertig?" erkundigt sich Peter Michelsen leise.

„Ziemlich. Aber ich schätze, man gewöhnt sich dran. Vor allem habe ich einen unvorstellbaren Hunger!"

Wenn Mischa geglaubt hat, sie könne sich jetzt für eine Stunde in Ruhe dem Abendessen widmen, wird sie bald eines Besseren belehrt. Kaum hat sie die Vorspeise gegessen, geräuchertes Forellenfilet mit einem Tupfer Meerrettichsahne gekrönt, gerade recht, um den Appetit anzuregen, da wird sie schon an den nächsten Tisch gewinkt. Und von dort an den übernächsten, und von da weiter, während des ganzen Dinners.

Hier will man sich über den Platz beschweren, dort sich nach den Landausflügen erkundigen, jener will wissen, wann die ersten Ausscheidungsspiele für die Tischtennismeisterschaften beginnen, dieser, ob er den Masseur auch in die Kabine bestellen kann.

Mischa lächelt, gibt Auskunft, nickt, hört sich endlose Geschichten über frühere Reisen an und schluckt tapfer die Pfützchen hinunter, die sich angesichts der köstlichen Speisen auf den Tellern ihrer Gesprächspartner auf ihrer Zunge bilden. Mit wachsendem Zorn beobachtet sie, wie der Chief einen Bissen nach dem anderen in sich hineinstopft, während ihm seine Tischnachbarin offensichtlich ihr halbes Leben erzählt, als hätte sie seit Jahren nur auf diesen Augenblick gewartet. Kapitän Sommerfeld hält Hof wie ein regierender Monarch, und Georg Brunner flirtet nach beiden Seiten zugleich.

Hin und wieder wechselt sie einen verzweifelten Blick mit Jim Heller, der – alles überblickend – an der Tür steht und seine Mannschaft wie an unsichtbaren Fäden leitet. Er lächelt ihr aufmunternd zu, und seine Anerkennung tröstet sie ein bißchen. Als Mischa mit den letzten den Speisesaal verläßt, hat sie so gut wie nichts gegessen.

„Wenn das so weitergeht, habe ich am Schluß der Reise zehn Pfund abgenommen", flüstert sie Jim Heller zu. „Ist eigentlich schon mal ein Reiseleiter den Hungertod gestorben?"

„Nicht auf diesem Schiff", tröstet Jim Heller.

„Meeine Liebä, jetzt müssen Sie aber mit mir trinkän!" dröhnt eine Stimme hinter Mischa, und eine Hand legt sich ihr auf die Schulter. Mischa fährt herum.

Vor ihr steht ein hagerer alter Herr mit eisgrauer Mähne und einem kunstvoll gezwirbelten Schnurrbart, auf der Nase trägt er eine Brille und im Knopfloch eine große, weiße Nelke, die vermutlich vergessen lassen soll, daß der Anzug schon seine zwanzig Jahre auf dem Rücken hat.

„Igor Protopowitsch, Sie dürfän Fürst Igor zu mir sagen.

Kommen Sie – machen Sie einem alten Mann die Freudä – gehen wir in dem Bar!" Sein rollendes „R" klingt abenteuerlich.

Peter Michelsen, der auf Mischa gewartet hat, zuckt die Achseln und winkt wie zum Abschied herüber. Mischa will nicht so schnell aufgeben.

„Können wir das nicht auf später verschieben, Fürst? Ich hatte bereits eine Verabredung mit dem Herrn dort drüben. Darf ich Sie bekannt machen! Peter Michelsen – Fürst Igor Protopowitsch."

„Freut mich, freut mich außärordentlich", poltert der Fürst. „Abär jetzt Sie kommen mit mir. Er hat Zeit – er ist noch jung."

Fürst Igor nimmt Mischa am Arm und zieht sie energisch mit sich fort. In der Rio-Bar drückt er sie auf einen Sessel, bestellt zwei „Igor-Spezial", woraus Mischa schließt, daß er und der Barmixer sich heute nicht zum erstenmal begegnen, und läßt sich wohlig grunzend auf dem Sofa neben ihr nieder.

Der Barmixer bringt zwei hohe Gläser, in denen Eisstückchen klingelnd auf einer Flüssigkeit schwimmen, die wie mit Schlammbröckchen vermischtes Seewasser aussieht. Mischa betrachtet ihr Glas gedankenvoll. Gin Tonic? Bitter Lemon mit Schokoladenkrümeln? Aber seit wann ist Schokolade grün?

„Trinkän Sie – trinkän Sie!" ermuntert sie der Fürst. „Ist wunderbar für Verdauung nach so reichliches Essän!"

„Ja ..." Mischa hebt ihr Glas und prostet dem Fürst zu. Dann nimmt sie einen kräftigen Schluck. Schluckt und hustet. Ihr Gesicht ist eine einzige Frage.

Fürst Igor lächelt stolz in sein Glas. Dann nimmt er einen zweiten Schluck. „Sie sind erkältät?" Fürst Igor klopft ihr besorgt den Rücken. „Weiß ich särr gute Mädizin! Charlie! Bringän Sie uns noch zwei Igor-Spezial!"

Von zwei Igor-Spezial in die richtige Stimmung versetzt, beginnt Fürst Igor von seinen Jagderlebnissen zu erzählen –

nicht ohne Mischa zwischendurch kräftig zum Mittrinken aufzufordern. Mischa wirft dem Barmixer hilfeflehende Blicke zu. Aber jedesmal, wenn sie ein frisches Glas an die Lippen setzt, in der Hoffnung, er hätte es mit Wasser gefüllt, wird sie enttäuscht. Igor-Spezial, vom Rand bis zum Boden des Glases.

Die Konturen der Bar verschwimmen bereits, die Flaschen beginnen im Kreise zu tanzen – da steht plötzlich der Chief in der Tür. Mischa hebt die Hand zu einem kläglichen Winken, in ihren Augen steht die nackte Verzweiflung. Der Chief ist mit zwei Schritten am Tisch, verbeugt sich höflich vor Fürst Igor, der gerade einen Achzehnender erlegt, und zieht Mischa hoch.

„Bitte, Fürst, aber Frau Schultze wird dringend gebraucht!"

Dem fürstlichen Protest zum Trotz führt er Mischa hinaus und bugsiert sie zu ihrer Kabine.

„Danke!" murmelt Mischa erschöpft. „Mein Gott! Und das auf nüchternen Magen!"

„Ich hätte Sie vor ihm warnen sollen", brummt der Chief. „Ein altes Schlitzohr, und unbeschreiblich trinkfest. Wen der einmal in den Klauen hat, den läßt er nicht mehr los."

Mischa stöhnt. Ihr ist hundeelend. Der Chief läßt sich ihren Schlüssel geben und schließt die Kabine auf. Pieter Jong erscheint am Horizont und sieht erschrocken auf Mischa, die käsig und mit halbgeschlossenen Augen am Arm des Chief Pursers hängt.

„Holen Sie was Gescheites zu essen – und einen starken Kaffee!" knurrt der Chief den verdatterten Steward an und schließt die Kabinentür hinter sich.

Mischa schafft es gerade noch bis ins Badezimmer. Mit tränenüberströmtem Gesicht hängt sie über der Kloschüssel und opfert alles, was sie an Igor-Spezial im Magen hat. Der Chief streicht ihr beruhigend über den Rücken, als wäre es das Selbstverständlichste von der Welt, daß er hier neben ihr steht und ihr den Kopf hält. Dann tränkt er ihren Schwamm mit eiskaltem Wasser und wäscht ihr das Gesicht. „Besser?"

Mischa nickt erschöpft.

„Legen Sie sich hin. Sie müssen härter werden, Engelchen! Wenn Ihnen ein Passagier so was zumutet, einfach abhauen, auch auf die Gefahr hin, daß er beleidigt ist. Meistens sind sie's nämlich nicht. Von den Typen gibt's eine ganze Menge. Und was den Alkohol betrifft: sagen Sie einfach, Sie hätten eine kranke Leber. Darauf wird man Rücksicht nehmen."

Komischer Mann. Warum ist er einmal so kühl und abweisend und dann plötzlich so nett und verständnisvoll? Wie zart er sie behandelt hat, ganz unverkrampft – als ob sie schon im Sandkasten miteinander gespielt hätten! Aber er hat ja seine Freundin in Frankfurt. Vermutlich benimmt er sich deshalb gegen jedes andere weibliche Wesen, als käme er frisch aus dem Gefrierfach. Reine Abwehr. Wer weiß, was er ihr alles versprochen hat.

Mischa läßt sich auf ihr Bett fallen und dreht sich auf den Bauch. Den Kopf auf die Fäuste gestützt, starrt sie auf die Maserung der Holzverkleidung, deren Linien an einer Stelle wie der Kopf einer Eule aussehen, einer Eule mit riesigen Augen, die sie böse anglotzt. Mischa verbirgt den Kopf zwischen den Armen und ächzt.

„Na? Immer noch nicht besser?" Der Chief läßt sich neben ihr auf der Bettkante nieder und legt ihr vorsichtig die Hand auf die Schulter.

Die Berührung hat eine wundersam heilende Wirkung, sowohl auf Mischas strapazierten Magen als auch auf ihre angeknackste Psyche. Schlagartig wird ihr klar, daß – egal wie fest gebunden dieses Denkmal von einem attraktiven Mannsbild da neben ihr ist – sie sich vielleicht schon vorgestern auf dem Flughafen in den Mann ihres Lebens verliebt hat. Die Aussichtslosigkeit dieser Liebe ändert nichts an der Tatsache, daß das ein wunderbares Gefühl ist, ein Gefühl, das sie so noch nie vorher gehabt hat, jedenfalls kann sie sich nicht daran erinnern. Und noch eines ist ihr klar: daß sich der Hauch von Sympathie, den er ihr gerade entgegenzubringen scheint, ganz sicher in Luft auflösen wird, wenn sie sich jetzt gehenläßt.

Mischa setzt sich mit einem Ruck auf, wobei sie darauf achtet, diesmal nicht mit ihm zusammenzustoßen.

„Ich bin schon wieder ganz okay", sagt sie. „Es tut mir schrecklich leid, Tom. Das hätte mir nicht passieren dürfen. Danke, daß Sie mir geholfen haben. Ich werde mich jetzt frisch machen, dann kümmere ich mich wieder um unsere Gäste."

„Sie werden den Teufel tun. Dazu sind Sie – mit Verlaub gesagt – noch viel zu besoffen. Jetzt wird erst mal was gegessen."

Wie aufs Stichwort erscheint Pieter Jong mit einem Tablett. Ein großes Glas Milch, eine Kanne Tee, Buttertoast, Hühnerbrüstchen in Weißweinsoße auf einem Sockel aus Reis und einen Obstsalat aus Orangen und Ananas hat er für die richtige Krankenkost befunden, um Mischa wieder auf die Beine zu bringen. Die unglaubliche Tat des listenreichen Fürst Igor hat unter der Besatzung bereits die Runde gemacht, und Mischa darf des Mitgefühls der Crew sicher sein, zumal ihr Tischsteward wiederholt beteuert hat, „nicht einen Bissen haben sie sie essen lassen beim Dinner!".

Der Chief vergewissert sich, daß Mischas Appetit nicht gelitten hat, und daß sie sich zusehends erholt. Pieter Jong umsorgt sie wie ein Vater.

„Also, ruhen Sie sich eine Stunde aus, und wenn Sie sich wirklich fit genug fühlen, können Sie ja noch mal eine Runde machen. Ich muß jetzt gehen. Bis später."

Weg ist er. Nicht einmal mehr angesehen hat er sie. Von Kopf bis Fuß kühle Unverbindlichkeit.

„Ist der Chief Purser eigentlich verheiratet?" fragt Mischa so beiläufig wie möglich.

Pieter Jong zuckt mit den Achseln.

„Keine Ahnung. Auf seinem Schreibtisch soll er das Bild von einem sehr hübschen Mädchen stehen haben. Und für die Frauen an Bord hat er sich noch nie besonders interessiert. Warum?"

„Weil er so bewundernswert gute Nerven bewiesen hat, als mir vorhin schlecht wurde", sagt Mischa und lacht ein bißchen zu laut dabei. „Das können im allgemeinen nur Männer, die den Umgang mit schwangeren Ehefrauen und Babys gewöhnt sind."

Pieter Jong grinst verständnisvoll.

Mischa steht auf und drückt ihm das Tablett in die Hand. „Danke schön, Pieter, es hat wunderbar geschmeckt. Jetzt fühle ich mich wie neugeboren. Lassen Sie mir nur noch den Tee da. Ich werde duschen und mich umziehen, dann bin ich wieder einsatzbereit."

Diesmal nimmt sich Mischa viel Zeit für das Make-up und für die Frisur. Und sie dankt Helen insgeheim für ihre Großzügigkeit, die ihr jetzt erlaubt, zwischen einem halben Dutzend schicken Kleidern zu wählen. Sie entscheidet sich für ein tolles Stück von einem bekannten italienischen Designer. Noch der passende Silberschmuck und etwas Parfüm – sie ist mit sich zufrieden.

Ihr Auftritt hat den erwarteten Erfolg. Wo sie hinkommt, dreht man sich nach ihr um. Mischa geht von Gruppe zu Gruppe, erkundigt sich liebenswürdig, ob man sich gut amüsiert oder ob man vielleicht irgendwelche Wünsche habe? Sie macht Vorschläge für den nächsten Tag, verteilt ein paar Komplimente und geht weiter, zur nächsten Gruppe.

Der Chief diskutiert mit ein paar älteren Herren über den steigenden Goldpreis. Er sieht ziemlich gelangweilt aus, denn sein Blick wandert ständig von seinen Gesprächspartnern fort zur Tür hin. Als er Mischa sieht, blitzt ein winziges Lächeln in seinen Augen auf, aber er nimmt es sofort zurück und wird wieder dienstlich. Mit einer knappen Kopfbewegung weist er Mischa auf eine Gruppe von Leuten hin, deren eisige Gesichter darauf schließen lassen, daß hier dicke Luft herrscht.

Aha, Mister Pennymaker. Er sitzt mit gerötetem Gesicht in seinem Rollstuhl, in der Hand einen dreistöckigen Whisky, rechts und links neben sich zwei tief dekolletierte junge Frauen in grünen Gewändern, die vermutlich zur Gesangsgruppe der Band gehören. Den Rest der Gesellschaft bilden Mister Pennymakers gestrenge Schwestern, die stumm und verbiestert vor sich hin starren. Mister Pennymaker füttert seine Meerjungfrauen abwechselnd mit Champagner und Kartoffelchips und singt mit viel Gefühl „It's just one of those things ...", worüber sich die Meerjungfrauen ausschütten vor Lachen. Mit Recht, wie Mischa findet, denn er singt hinreißend falsch.

Mischa wartet auf eine passende Gelegenheit, dann flüstert sie der neben ihr sitzenden Meerjungfrau zu: „Verzicht euch, Kinder, ehe die alten Damen Stunk machen. Merkt ihr nicht, daß hier dicke Luft herrscht? Der Sugardaddy bleibt euch ja noch ein paar Tage erhalten."

Die Mädchen erheben sich gehorsam und schützen Arbeit vor. Hüftschwenkend und übermütig blinzelnd tänzeln sie aus dem Raum.

Jetzt hat Mister Pennymaker Zeit, sein Auge auf Mischa zu werfen. Er tut es mit einem begeisterten Grunzen und beteuert mit whiskyschwerer Zunge, daß Mischa das aufregendste, schönste, intelligenteste und charmanteste weibliche Wesen sei, das er je das Vergnügen hatte, in die Arme zu nehmen – obgleich sie sich dort weder befindet noch die Absicht hat, jemals an der Brust Mister Pennymakers zu parken. Mischa schaut betont schüchtern zu den gestrengen Schwestern hinüber, als müsse sie sie um Verzeihung bitten, und versucht, das Gespräch in unverfänglichere Bahnen zu lenken.

Den angebotenen Champagner lehnt sie höflich ab. Keinen Alkohol, just a cup of tea, please. Die Schwestern scheinen in ihren Stühlen zu wachsen. Sie sind begeistert von Mischa.

Wie sich herausstellt, sprechen die Geschwister Pennymaker ausgezeichnet Deutsch. Sie haben die ganze Welt bereist, kennen sämtliche Museen Europas und sind entzückt über Mischas Sachkenntnis auf diesem Gebiet. Der fröhliche Mr. Pennymaker fällt angesichts so tiefgründiger Fachgespräche in sanften Schlummer und beginnt alsbald mörderisch zu schnarchen. Das Whiskyglas senkt sich zur Seite und ergießt seinen Inhalt irgendwo zwischen den zweiten und dritten Knopf des weißen Dinnerjackets.

Als das Schnarchen Mister Pennymakers endlich auch das letzte Gespräch im Raum zum Erliegen gebracht hat, halten es die Schwestern für besser, zu Bett zu gehen. Mischa ist ihnen dankbar dafür. Zufrieden verabschieden sich die beiden Damen. Mischa hilft ihnen, den Rollstuhl mit dem schlafenden Mister Pennymaker hinauszubringen.

An der Tür muß sie am Chief vorbei. Er schaut streng und leicht überheblich wie gewohnt. Eingebildeter Kerl! denkt Mischa, du könntest wenigstens Platz machen.

Da beugt er sich zu ihrem Ohr. „Gratuliere, Engelchen", sagt er. Und hat sich schon wieder abgewandt.

In der Casablanca-Halle, die im maurischen Stil eingerichtet ist, mit viel Weiß und warmen Sandtönen, mit verschnörkelten Gittern in Gold, weichen Polstern und dicken Teppichen um die marmorne Tanzfläche, ist die Stimmung auf dem Höhepunkt. Die Band berieselt den Raum mit sanftem Sound, tanzende Paare liegen sich in den Armen, an den Tischen werden die ersten Reisebekanntschaften geschlossen. Alle scheinen bereits ein Herz und eine Seele zu sein und trinken auf den glücklichen Zufall, der sie hier zusammengeführt hat.

„Wollen wir tanzen?"

„Peter! Ganz allein? Noch keine Bekanntschaft geschlossen? Oder sammelst du hier nur Material für dein Buch?"

„Ich habe auf dich gewartet. Genauer gesagt, ich habe dich gesucht. Wo hast du bloß gesteckt?"

„Oh, ich hatte noch kurz im Büro zu tun", schwindelt Mischa. „Und dann hatte ich einen kleinen Unfall, ich mußte mich umziehen. Tanzen wir?"

„Darauf warte ich die ganze Zeit." Peter Michelsen führt sie auf die Tanzfläche und zieht sie sofort dicht an sich. „Wie bist du den trinkfreudigen Fürsten losgeworden?"

„Ich habe mich ihm mit sanfter Gewalt entzogen. Oder sagen wir lieber – bin ihm entzogen worden." Dann fällt ihr Blick zufällig auf den Eingang zum Saal. „O weh, der Chief! Sein Adlerauge wacht schon wieder. Sei nicht böse, Peter, aber ich muß weiter."

„Du bist doch gerade erst gekommen!"

„Ich muß mich um unsere Gäste kümmern, mich überall mal sehen lassen. Wir tanzen später noch mal, ja?" Mischa entwindet sich seinen Armen, winkt ihm noch einmal zu, nickt freundlich nach allen Seiten und schlendert nach draußen.

Der Chief tut, als hätte er sie nicht bemerkt. Sein Gesicht drückt Zufriedenheit aus, als er – zu allen Tischen hin grüßend und lächelnd – die Halle verläßt.

4

Drei Tage ist die *Aurora* auf See. Man hat den ersten Landausflug hinter sich, Buenos Aires, hat die breitesten Straßen der Welt bewundert und den Gouverneurspalast, hat den riesigen Obelisk auf der Plaza de la Republica bestaunt und einen Ausflug ins Delta des Gigre-Flusses gemacht. Mischa hat eine Nacht lang gepaukt, um ihren Gästen einen Vortrag über die Kathedrale halten zu können. Die Busse waren rechtzeitig zur Stelle, keiner ist verlorengegangen, alle waren zufrieden.

Nun sind sie wieder an Bord ihrer schwimmenden Insel, haben sich an ihr zweites Zuhause gewöhnt, der erste Sonnenbrand ist abgeklungen, die Angst vor der Seekrankheit in weite Ferne gerückt. Man genießt das Leben an Bord in vollen Zügen, möchte überall zugleich sein, in den Salons und in den Bars, am Swimming-pool und bei den Shuffleboard-Spielern, möchte das Kino ausprobieren und die Bordbibliothek – und natürlich keinen der kulinarischen Genüsse versäumen.

Der Masseur hat buchstäblich alle Hände voll zu tun, und im Trimm- und Fitneßraum sieht man die Passagiere schwitzen, in der Illusion, bei der nächsten Mahlzeit nun doppelt zuschlagen zu können.

Die Sorge, mit überflüssigen Pfunden nach Hause zurückzukehren, bleibt Mischa erspart. Ununterbrochen ist sie auf den Beinen, animiert hier zu einem Wettkampf, dort zu einem Spiel, macht Vorschläge für die Kostümierung zur Seeräubernacht, unterrichtet über die nächsten Landausflüge, nimmt pausenlos Sonderwünsche entgegen, hilft beim Aussuchen von Büchern, sorgt für Stimmung.

Zwischendurch sitzt sie in ihrem Büro, schreibt Berichte, entwirft Programme, gestaltet die Bordzeitung, verhandelt mit dem Fotografen, mit den Künstlern und dem Orchester, bereitet einen Vortrag über Geschichte und Kunst Brasiliens vor und einen bunten Nachmittag für die Kinder.

Ihr Team funktioniert reibungslos. Und ihre Aufgabe fängt an, ihr Freude zu machen. Natürlich hat sie auch ihre Sorgenkinder, Mister Pennymaker zum Beispiel, der sich in den Kopf gesetzt zu haben scheint, sämtliche Damen, soweit sie hübsch und attraktiv sind, mit seiner jugendlichen Leidenschaft zu beglücken.

Schlimmer sind die ewigen Nörgler und Besserwisser, von denen es auch in dieser Reisegesellschaft ein paar gibt. Die alles irgendwo schon mal billiger, schöner, amüsanter gehabt haben und offenbar nur an Bord gekommen sind, um sich von Herzen und in aller Ruhe ärgern zu können.

Dazu gehören die beiden Schwestern Eulenhagen. Mischa ist längst dahintergekommen, daß die Herzkrankheit von Amalia Eulenhagen vor allem dazu dient, ihre Umgebung zu tyrannisieren. Ebenso wie das Schmuckkästchen ihrer Schwester Lotte, von dem sie sich niemals trennt, weder beim Essen noch bei der abendlichen Patience im Schreibzimmer. Trotzdem erschreckt sie ihre Umgebung in regelmäßigen Abständen mit spitzen, kleinen Schreien. „Mein Schmuck! Wo ist mein Schmuck? Er ist weg! Wo ist die Reiseleiterin? Jemand hat mir meinen Schmuck weggenommen!" ruft sie gerade.

„Sie sitzen drauf, Frau Eulenhagen", sagt Mischa, eine Spur von Erschöpfung und Ungeduld in der Stimme.

Der Chief hat es gehört. Der Chief hört immer, was er nicht hören soll. Auch daß sie beim Hinausgehen „blöde, alte Schachtel" gemurmelt hat. Er bestellt sie in sein Büro.

„Nur eine Kleinigkeit, Frau Schultze. Ein guter Rat sozusagen.

Wissen Sie, was Ihnen fehlt? Eine Portion echte Menschenliebe. Freundlichkeit, falls Sie verstehen, was ich meine. Natürlich sind unter den älteren Herrschaften ein paar Schrullige, die manchmal schwer zu ertragen sind. Aber wissen wir, was wir in dem Alter für Schrullen haben werden? Und wie nötig wir die Geduld unserer Mitmenschen brauchen werden – und ihre Zuneigung?"

„Aber ich bin doch zu allen wirklich gleich liebenswürdig und höflich!" wehrt sich Mischa. „Den ganzen Tag wusele ich durch die Gegend und kümmere mich um jeden Dreck ..."

„Davon spreche ich nicht", unterbricht sie der Chief ruhig. „Ich spreche von Ihren Gefühlen den Menschen gegenüber. Natürlich sind Sie äußerst höflich und liebenswürdig. Man ist begeistert von Ihnen. Aber diese Liebenswürdigkeit ist gespielt. Sie spielen Ihren Job wie eine Rolle und freuen sich über den Applaus. Sie klopfen sich pausenlos selber auf die Schulter, wie fabelhaft Sie sind!"

„Was wollen Sie eigentlich?" begehrt Mischa wütend auf. „Ich mache meine Arbeit, alle sind zufrieden – was denn noch?"

„Sie haben sich diese Aufgabe gewünscht, nun machen Sie auch einen Beruf daraus. Nehmen Sie die Leute ernst, haben Sie Achtung vor ihnen, versuchen Sie, sie ein bißchen zu mögen. Wie gesagt – das ist nur ein Ratschlag. Denken Sie darüber nach."

„Sie hätten Pfarrer werden sollen", knurrt Mischa sauer und schließt die Tür ziemlich geräuschvoll hinter sich.

Dieser eingebildete, hochmütige, besserwisserische Klugscheißer, soll er doch seine Predigten anderswo halten, was bildet er sich überhaupt ein! Hält sich wohl für einen Heiligen! Soll er sich doch an seine eigene Nase fassen, soll er mal in den Spiegel schauen, wenn er, wie von einem unsichtbaren Glorienschein umgeben, durch die Gesellschaftsräume schreitet!

Das Schlimme ist, daß er recht hat. Mischa hat sich manchmal schon erschrocken eingestanden, daß sie auf die Passagiere herabsieht wie auf die Tiere eines zoologischen Gartens, und einige von ihnen sind für sie bestenfalls Figuren aus einem Panoptikum. Sie spielt die Rolle der perfekten Reiseleiterin wie früher einmal die Rolle des perfekten Models. Interessiert sie sich überhaupt für die Menschen, um deren Wohl sie sich kümmert?

Für einige, ja. Wenn sie Ruth Prager begegnet, der alten Dame, die als junge Frau auf abenteuerlichen Wegen aus Deutschland geflohen ist, nachdem die Nazis ihre Familie umgebracht hatten, schlägt ihr Herz spürbar höher vor Freude, und sie nimmt sich immer Zeit, eine Viertelstunde oder mehr bei ihrer mütterlichen Freundin zu verbringen.

Und dann das sympathische Ehepaar Schiller. So ruhig und bescheiden, bereit, sich über alles zu freuen. Jahrelang haben sie für die Reise gespart, jetzt gehen sie durch das Schiff, Hand in Hand. Wenn Mischa sie so sieht, empfindet sie etwas wie eine Welle heißer Zärtlichkeit für die beiden. Die würde sie sofort als Eltern adoptieren.

Die netten Portugiesen, die so gern lachen. Und die kleine Susanne und ihre Eltern. Professor Kempfenhausen aus Zürich, mit dem sie so herrlich diskutieren kann. Aber dann muß sie schon intensiv nachdenken, um jemanden zu finden, den sie wirklich mag.

Mit der Crew ist es anders, da hat sie viele Freunde. Jan Domsky und den alten Decksteward Wormser zum Beispiel. Der kleine Konditor Bruno, der ihr schon zweimal etwas zu naschen in die Kabine geschickt hat. Inge und Jutta, ihre beiden Mitarbeiterinnen. Und Olaf Larsson, der leitende Ingenieur, der in seiner Freizeit Cello spielt und zwei Dutzend Vivaldi-CDs auf den Reisen mit sich herumschleppt. Mit ihnen kann sie reden, sie nimmt sie ernst. Warum nicht die anderen?

In Gedanken versunken betritt Mischa ihr Büro. Sie wird bereits erwartet. Auf dem Besucherstuhl sitzt Peter Michelsen und brütet über einem Kreuzworträtsel.

„Na endlich! Meine einzige Beschäftigung auf diesem Schiff scheint es zu sein, auf dich zu warten! Wo steckst du bloß immer?"

„Mein Lieber, du vergißt offenbar, daß ich hier Dienst tue und nicht Ferien mache", gibt Mischa lächelnd zurück.

„Eben! Dann ist es auch deine Pflicht, im Büro erreichbar zu sein. Ich möchte mich beschweren, daß du dich um einige Passagiere so intensiv kümmerst und um andere überhaupt nicht!"

„Mit diesen anderen meinst du vermutlich dich selbst?"

„So ist es! Ich bekomme von dir nichts als leere Versprechungen. Zum Beispiel für den nächsten Tanz, der dann nie stattfindet. Für einen Drink nach Dienstschluß oder ein zünftiges Tischtennismatch."

„Hab Geduld, Peter. Ich muß mich in diese Aufgabe erst hineinfinden, es ist alles noch so neu und fremd."

„Mach mir doch nichts vor. Du meisterst deinen Job wie ein alter Profi!"

„Gewisse Leute sind da anderer Ansicht."

„Wer? Hat sich jemand beklagt? Sag mir den Namen, ich werde ihn sofort in den Ring fordern!"

„O ja, das sehe ich mir an!" Mischa lacht. „Aber bitte vor zahlendem Publikum, damit sich's auch lohnt!"

„Wer ist es – doch nicht etwa Fürst Igor?"

„Nein, nein. Viel schlimmer. Mein Chef."

„Dein Chef? Der Konsul?"

„Hier auf dem Schiff ist der Chief Purser mein Chef."

„Und der ist nicht zufrieden mit dir? Der hat wohl nicht alle Tassen im Schrank!"

„Er hatte recht, Peter. Ich habe mich kindisch benommen."

„Das glaube ich dir nicht. So was kannst du doch gar nicht. Magst du ihn etwa?"

„Wie kommst du darauf?" Mischa versteht nicht.

„Ich mag diesen Ausdruck weiser Überlegenheit nicht. Er läuft ständig mit einem Gesicht herum, als sei er mit einem goldenen Löffel im Mund zur Welt gekommen. Laß dir von dem bloß nichts gefallen. Wenn er dich ärgert, kommst du zu mir, okay?"

„Okay. Und was willst du nun eigentlich von mir?"

„Oh, wie ich schon erwähnte: mich beschweren. Und Wiedergutmachung fordern."

„Und wie hast du dir die vorgestellt?"

„Hör zu, ich habe eine super Idee! Für die Seeräubernacht morgen!"

„Schieß los!"

„Du hast mir doch erzählt, daß du für einige Jahre die Ballettschule besucht hast – und ein bißchen tanzen kannst!"

„Ich habe zwei Jahre in unserem Studentenkabarett mitgemacht."

„Gut. Ich möchte mit dir eine kleine Nummer einstudieren und vorführen. Machst du mit?"

„Unter einer Bedingung: daß mir die Sache gefällt – und daß das Ganze nicht gleich morgen stattfindet. Ich mag keine halben Sachen. Ein paar gründliche Proben müssen sein, sonst streike ich."

„Einverstanden. Und wann, glaubst du, können wir die Sache starten?"

„Wie wär's am Samstag? In der ‚Nacht der Phantasie'?"

„Gute Idee. Hier ist der Text. Er wird auf eine Tangomelodie gesungen. Dazu tanzen wir dann einen ganz schrägen Tango. Sehr sexy muß es sein!"

Mischa wirft einen Blick auf das Blatt, das er ihr reicht. Gleich bei den ersten Zeilen muß sie lachen.

„Schon überzeugt! Jetzt müssen wir nur noch überlegen, wann und wo wir proben."

„Das habe ich bereits organisiert. Abends um acht wird der Fitneßraum abgeschlossen. Wenn du den Schlüssel besorgst – da hört und sieht uns kein Mensch."

„Sehr schön. Heute abend zwischen zehn und elf? Da kann ich mich leicht mal verdrücken, ohne daß es auffällt. Hast du einen CD-Player für die Musik?"

„Alles da. Also?"

„Um zehn im Fitneßraum."

In der Nacht hat die *Aurora* die Mündung des Rio de la Plata überquert. Jetzt fährt sie in den Hafen von Montevideo ein. In den Gängen vor der Pforte drängen sich die Landausflügler. Zehn Stunden Zeit für Montevideo, da will man keine Minute verschenken.

Mischas Sorge gilt den Bussen. Sind sie pünktlich zur Stelle? Reichen die Plätze aus? Hoffentlich steigt jeder in den richtigen ein, zur Stadtrundfahrt, zum Ozeanographischen Museum und zu den vielgerühmten Stränden.

Endlich sind alle untergebracht. Mischa rollt mit der letzten Fuhre der Stadt zu und hat für die nächsten zwei Stunden neben dem einheimischen Führer die Funktion des Dolmetschers.

„Wir kommen nun zur Kathedrale!"

Die Köpfe wenden sich nach links, die Kameras werden hochgenommen. Der Bus hält, und man drängt nach draußen, reckt den Hals, formiert sich zu Grüppchen für ein Erinnerungsfoto und folgt schließlich dem einheimischen Führer in das Innere der Kathedrale. Mischa marschiert hinterher und treibt die Nachzügler mit sanfter Gewalt zusammen.

Wie schön wäre es, dies alles für sich allein zu entdecken, Zeit zu haben, Freundschaft zu schließen mit den Dingen, sich ihre Geschichte von ihnen selbst erzählen zu lassen, denkt Mischa.

Vor dem Ozeanographischen Museum treffen sie auf Juttas Bus. Die haben das Museum schon hinter sich und streben nun der Kathedrale zu. Großes Hallo hinüber und herüber, man beteuert sich gegenseitig, wie lohnend die Besichtigung gewesen sei, und trennt sich, als würde man sich wochenlang nicht mehr sehen.

Den Schluß der Rundfahrt bildet ein Besuch an einem der Renommierstrände. „Genauso schön wie auf der Postkarte", ruft jemand. Die Unermüdlichen haben Badezeug mitgebracht, die anderen erholen sich auf einer Veranda unter Palmen bei kühlen Drinks oder Kaffee.

Am Abend kehren sie erschöpft in ihr schwimmendes Hotel zurück, schwärmen von ihren Erlebnissen, zeigen die mitgebrachten Souvenirs herum und rüsten sich für eine weitere lange Nacht in den Bars und Salons der *Aurora*.

„Zwei Tage Pause bis zum nächsten Landgang", sagt Mischa erleichtert zu Jutta. Von ein paar kleinen Mißgeschicken abgesehen, hat es keine Probleme gegeben. „Wir waren doch wieder Spitze! Keiner verlorengegangen, keiner beklaut worden oder vom Hitzschlag getroffen, keiner vermißt seinen Paß oder Fotoapparat, und niemand hat sich beschwert. Fast ein Grund zum Feiern!"

„Nur die Schreibtische liegen wieder voll. Wie isses bloß möglich", albert Inge. „Kein Mensch war an Bord, aber die Arbeit sprießt wie Unkraut aus der Tischplatte. Das Fax gibt überhaupt keine Ruhe!"

„Machen wir Schluß für heute, Kinder, wir haben wirklich genug getan. Mir jedenfalls platzt bald der Schädel." Mischa läßt sich erschöpft auf ihren Stuhl sinken. „Und wir haben noch einen langen Abend vor uns."

„Okay, Schluß. Nun aber nichts wie weg, ehe der Boß auftaucht mit irgend etwas Brandeiligem."

Inge hat nicht so unrecht. Nachdem sie und Jutta das Büro verlassen haben und Mischa schnell noch den Berg Papier auf ihrem Schreibtisch sichtet, ob etwas dabei ist, das keinen Aufschub duldet, vergehen keine zwei Minuten, da taucht der Chief auf.

„Wir haben eine Änderung im Programm für morgen", sagt er und blättert einen Entwurf vor sie hin. „Das müßten wir noch mal neu in den PC eingeben und ausdrucken!"

„Wir ist gut", knurrt Mischa leise. „Aber geben Sie her. Unmögliches wird sofort erledigt, Wunder dauern etwas länger. Ich mache mich gleich an die Arbeit."

„Wo sind Ihre beiden Assistentinnen? Das ist doch schließlich deren Aufgabe!"

„Denen habe ich freigegeben. Schließlich haben wir alle einen ziemlich anstrengenden Tag hinter uns."

„Na und? Wenn Sie einen Achtstundentag wollen, dürfen Sie nicht zur See fahren. Dienst auf einem Kreuzfahrtschiff ist nun mal anstrengend, das muß man sich vorher überlegen. Wegen so eines Landausflugs können Sie doch hier nicht einfach alles stehen- und liegenlassen!"

„Herrgottnochmal!" fährt Mischa auf. „Genügt es Ihnen nicht, daß die Mädchen erstklassige Arbeit leisten? Bis jetzt ist doch noch nichts liegengeblieben, oder? Sie mit Ihren Dienstvorschriften an Bord! Prinzipienreiter! Können Sie das Ganze nicht mal ein bißchen lockerer sehen?"

Jetzt bist du zu weit gegangen, Schultze! sagt sie sich gleich. Gleich wird er explodieren. Wenn ich bloß nicht so irre Kopfschmerzen hätte! Das gibt mir den Rest. Vorsichtshalber sieht sie ihn nicht an. So entgeht ihr sein hilfloses Lächeln. Sie wartet auf einen Ausbruch, eine kalte Zurechtweisung. Aber nichts dergleichen geschieht. Im Gegenteil. Was nun kommt, ist so unerwartet, daß sie Mühe hat, es zu begreifen. Eine Hand legt sich auf ihre Stirn. Eine andere streicht ihr sehr zärtlich übers Haar.

„Entschuldigung, Engelchen. War nicht so gemeint. Es hat mich nur wütend gemacht, Sie hier sitzen zu sehen, grün im Gesicht vor Erschöpfung und einen Haufen Arbeit vor sich. Ich will nicht, daß Sie bis zum Umfallen schuften, während die Mädchen sich einen schönen Abend machen. Schließlich geht Ihr Dienst noch den ganzen Abend weiter. Sie werden jetzt schleunigst in Ihrer Kabine verschwinden und eine Stunde schlafen. Das ist ein Befehl, okay?"

„Danke, Tom, das ist sehr nett. Ich habe ekelhafte Kopfschmerzen."

„Das sehe ich. Brauchen Sie eine Tablette?"

„Hab ich gerade genommen. Und wer schreibt das Programm?"

„Das ist mein Problem. Vergessen Sie's."

Der Chief zieht sie hoch und führt sie zur Tür. Mischa kann der Versuchung nicht widerstehen, ihren Kopf an seine Schulter sinken zu lassen. Plötzlich spürt sie seine Lippen auf ihrer Stirn, weich und fest zugleich. Sie bleiben einige Sekunden dort liegen, als wollten sie sich ausruhen.

„So hat meine Mutter bei uns Kindern immer geprüft, ob wir Fieber haben", sagt er schnell und ein bißchen verlegen und läßt seinen Arm noch ein bißchen um Mischas Schultern, als hätte er Angst, sie könne umfallen.

„Und – habe ich Fieber?"

„Oh ... eh ... nein, ich glaube nicht. Gehen Sie jetzt schlafen, Engelchen. Bis später."

Vier Tage lang haben sie jeden Abend geprobt, und niemand hat ihr heimliches Verschwinden bemerkt. Peter Michelsen ist von

Mischas Talent begeistert und hat außer dem Tango gleich noch einen weiteren Tanz mit ihr einstudiert. Für Mischa sind es Stunden, in denen sie ihre Arbeit einmal ganz vergessen kann, und sie stürzt sich mit Feuereifer in die Proben.

Sie sind großartige Partner, gehen aufeinander ein und steigern sich gegenseitig zu immer neuer Hochform.

„Ich hätte nie gedacht, wieviel Temperament in dir steckt!" meint Peter Michelsen zufrieden. „Wir sollten uns überlegen, ob wir nicht ständig miteinander auftreten wollen! *Mischa und Mike* – hört sich doch gut an, oder? Vielleicht machen wir damit das große Geld?"

„Wozu brauchst du das große Geld? Du hast es doch!" gibt Mischa lachend zurück. „Aber warum nicht? Wenn uns mal gar nichts anderes mehr einfällt. Es klappt wirklich prima, ich bin stolz auf uns! Früher habe ich mal davon geträumt, auf der Bühne zu stehen, aber das ist lange her."

„Bei deinem Talent wundert es mich wirklich, daß du nicht Schauspielerin geworden bist! Oder Tänzerin!"

„Dafür gibt es eine ganz plausible Erklärung", sagt Mischa, „ich liebe meine Ruhe. Ein Leben lang von Gastspiel zu Gastspiel zu hetzen, wäre mir zu anstrengend."

„Und weil du deine Ruhe liebst, bist du ausgerechnet Reiseleiterin geworden. Toll!"

„Wenn du wüßtest! Man hat mich in diesen Job hineingeredet! Weiß der Teufel warum. Ich bin überhaupt nicht der Typ für diesen Rummel."

„Dafür machst du es aber ausgezeichnet. Wiederholen wir die letzte Nummer noch einmal?"

Als sie diesmal aus dem Fitneßraum kommen, begegnet ihnen der Chief. Er macht ein Gesicht, als hätte er in eine Zitrone gebissen, und geht an ihnen vorbei, als bemerke er sie nicht.

Auf der *Aurora* rüstet man sich für die ‚Nacht der Phantasie'.

Aus Papier werden Blumen gebastelt, abenteuerliche Hutkreationen entstehen aus Pappe, Schals, Tüchern und Modeschmuck, Badelaken und Handtücher verwandeln sich in griechische Gewänder, und aus dem Inhalt der Koffer stellt man die aufregendsten Kombinationen zusammen. Wird man einen der Preise gewinnen? Und wenn nicht – was tut das schon, Hauptsache, es hat Spaß gemacht.

Die Wogen der Begeisterung gehen hoch. In allen Räumen wird getanzt. Am Tisch der Jury zerbricht man sich die Köpfe, wem der erste Preis für das phantasievollste Kostüm gebührt. Schließlich entscheidet man sich für das Ehepaar Schiller. Die beiden haben in mühevoller Arbeit, lediglich aus buntgefärbten Papierstreifen, eine Art „Papageno-und-Papagena-Kostüm" hergestellt und ihre Gesichter mit Vogelmasken bemalt.

Ihr Sieg erntet donnernden Applaus – so viel Mühe mußte belohnt werden! Außerdem haben viele das sympathische, ruhige Ehepaar liebgewonnen.

„Den zweiten Preis sollten wir Frau Eulenhagen geben, als Anerkennung für den Versuch, mitzumachen und Humor zu beweisen", schlägt Mischa vor und fängt einen wohlwollenden Blick des Chiefs auf.

Der Vorschlag wird angenommen, und die alte Dame glüht vor Stolz.

Der dritte Preis geht an den elfjährigen Tim aus Düsseldorf, der in einen grauen Sack gehüllt ist, den er mit seinen Spielzeug-Flugzeugen besteckt hat. „Ich bin ein Flugzeugträger", hat er erklärt und sich den Namen *USS Enterprise* auf die Stirn geschrieben.

Der Kapitän hält eine anfeuernde Rede an sein buntes Volk, wobei er nicht zu betonen vergißt, daß selbstverständlich jeder einen Preis verdient hätte. Die Band beginnt „Back for Good" von *Take That*. Die Stimmung geht ihrem Höhepunkt entgegen.

Auf einen Wink von Peter Michelsen läuft Mischa in ihre Kabine und macht sich für den Auftritt fertig. Peter hat einen hinreißenden südamerikanischen Tango-Anzug besorgt, sogar ein Spray zum Schwarzfärben der Haare hat er organisiert. Mischa vollendet das Ganze durch ein aufregendes Make-up. Niemand vermutet hinter der in ein sexy Gewand gekleideten feurigen Tangotänzerin die blonde Mischa Schultze.

Als der Bandleader die Überraschung des Abends ansagt, glaubt Mischa hinter den Kulissen vor Lampenfieber zu sterben. Aber als sie dann draußen steht, Peter Michelsen die ersten langen Tangoschritte aufs Parkett legt und sie zu ihrer erotischen Nummer eng an sich zieht, springt der Funke über.

Ein paar Tanzschritte, dann greift Peter Michelsen zum Mikrofon, zieht Mischa an seine Seite und feuert im Wechselgesang mit ihr die ersten Zeilen des frechen Textes ins Publikum. Dröhnender Applaus antwortet von allen Seiten. Jetzt fühlt sich Mischa frei, die Stimmung aus dem Publikum trägt sie, sie glüht vor Temperament und Übermut.

Peter Michelsen ist ein wunderbarer Partner, der Sketch wie aus einem Guß, jeder Satz eine Pointe, dazwischen immer wieder sexy Tanzeinlagen. Mischa überläßt sich seiner Führung, tanzt weich wie eine Feder, die Harmonie ihrer Bewegungen ist perfekt.

„Na, sind wir Spitze?" flüstert sie außer Atem, als die Tangonummer beendet ist und der Applaus losbricht wie ein Gewitter.

„Zugabe! Zugabe!" brüllt man von allen Seiten.

„Die Samba", ruft Peter Michelsen der Kapelle zu.

Während die ersten Takte einsetzen, sie die ersten verhaltenen Schritte tun, ohne sich anzufassen, nur die Blicke wie aneinander festgesaugt, wird es still im Saal. Man spürt die knisternde Spannung zwischen den beiden, ein Locken und Verweigern, Drängen und Wiederlösen. Sie berühren sich nicht und sind doch wie eine Person. Es ist ein Spiel mit dem Feuer, denkt Mischa verwirrt, ein Spiel, bei dem man nicht weiß, wann man die Grenze zum Ernst überschreitet. Ein herrliches Spiel. Sie überläßt sich ganz der Musik, ihr ist, als würde sie von einem unsichtbaren Magnet bewegt. Als die Nummer zu Ende ist, fallen sie sich – umbraust vom Jubel des Publikums – übermütig um den Hals.

In Sekundenschnelle sind sie umringt. Von allen Seiten reicht man ihnen Sektgläser zu.

Die Umstehenden beobachten neugierig, wie die beiden ihre Gläser leeren.

„Na und? Wo bleibt der Kuß?"

„Was ist mit dem Kuß?" drängen sie von allen Seiten.

Peter Michelsen reicht mit theatralischer Geste sein leeres Glas an den neben ihm stehenden Herrn Hagedans und zieht Mischa an sich. Es wird ein Filmkuß, wie ihn sich das Publikum nicht schöner wünschen kann. Dann werden beide im Triumphzug an die Bar geführt.

„Wo haben Sie das gelernt?" bestürmt man Mischa.

„Sie sind ja eine richtige Künstlerin! Eine toller Tango!"

„Sind Sie schon öffentlich aufgetreten?"

„So einen Tango hätte ich Ihnen nicht zugetraut! Unheimlich sexy war das!"

„Haben Sie den Text selber gemacht?"

„Sie müssen uns unbedingt noch mal was vortanzen!" ertönt es von allen Seiten.

An der Bar steht der Chief und schaut ungerührt in einen doppelten Whisky.

„Na? Hat Ihnen die Show gefallen, großer Häuptling?" ruft Mischa übermütig, beschwipst vom Erfolg.

„Doch, doch", sagt der Chief beiläufig und nimmt einen großen Schluck. Dann schaut er von Mischa zu Peter und wieder zurück. Um seine Mundwinkel zuckt es ironisch. „Sie sind ein perfektes Paar. Ich gratuliere." Mit einer steifen Verbeugung zu den beiden wendet er sich ab und bestellt einen weiteren Whisky.

Peter Michelsen wird von einer Gruppe junger Mädchen umringt und mit Fragen bestürmt. Mischa läßt sich ein zweites Glas Sekt geben.

„Übrigens ..." Der Chief wendet sich ihr noch einmal zu. „Ich möchte Ihnen den Abend nicht verderben, aber könnten Sie noch für einen Augenblick in mein Büro kommen?"

„Doch nicht wieder Vorwürfe?" fragt Mischa mißtrauisch.

„Nein, nein, ich muß mit Ihnen nur ein paar Änderungen für die nächsten Tage besprechen. Es dauert nicht lange."

„Gut. Dann lassen Sie es uns bald hinter uns bringen. Damit wir noch was von dem Fest haben. Eine so tolle Stimmung wie heute hatten wir noch nie, finden Sie nicht?"

Der Chief wendet sich zum Gehen, und Mischa folgt ihm. Peter Michelsen ist von einem der Mädchen auf die Tanzfläche geschleppt worden und nun damit beschäftigt, ihr ein paar Tangoschritte beizubringen. Mischa winkt ihm zu und macht ihm ein Zeichen, daß sie bald zurückkommen wird.

„Einen Augenblick", sagt sie, als sie vor dem Büro des Chiefs angekommen sind. „Ich hole schnell meine Unterlagen."

„Vielleicht möchten Sie sich auch erst umziehen? Ich meine, Sie sind erhitzt, ich möchte nicht, daß Sie sich erkälten."

„Unsinn. So lange wird es doch nicht dauern."

Doch es dauert so lange. Es dauert sogar noch viel länger. Der Chief kommt vom Hundertsten ins Tausendste. Die Programmänderungen für den nächsten Tag sind kaum der Rede wert. Aber der Chief findet immer neue „Wenns" und „Abers". Dann spricht er über die nächsten Landausflüge. Das hätte doch wirklich Zeit bis morgen gehabt! denkt Mischa ärgerlich. Ich glaube, der will mich nur schikanieren. Er gönnt mir nicht, daß ich Erfolg gehabt habe, daß mir die Leute applaudiert haben! Jetzt will er mich wieder kleinkriegen, mich daran erinnern, daß ich nur eine kleine Angestellte bin, eine dumme Anfängerin! Aber das soll dir nicht gelingen, mein Lieber, mich schafft man nicht so leicht!

Als der Chief schließlich vorschlägt, schnell noch die Abrechnungen der letzten Tage zu machen, Einnahmen und Ausgaben der Landausflüge und was sonst noch anliegt, steigt für einen Augenblick die Wut in ihr hoch. Doch sie fängt sich sofort wieder.

„Na klar, warum nicht?" sagt sie zuckersüß. „Obgleich ich eigentlich nicht ganz einsehen kann, warum das nicht Zeit bis morgen hat."

„Morgen habe ich zuviel zu tun. Und Sie auch", sagt der Chief bestimmt. „Jetzt haben wir wenigstens Ruhe. Die Leute sind beschäftigt, amüsieren sich, sie werden Ihre Abwesenheit gar nicht bemerken. Und Herr Michelsen wird sich noch ein bißchen gedulden müssen."

„Die letzte Bemerkung war höchst überflüssig." Mischa schärft hörbar ihre Krallen. „Hier sind die Unterlagen. Soll ich mich neben Sie setzen?"

„Nicht nötig, geben Sie her."

Wenn Mischa bis jetzt noch geglaubt hat, der Chief wäre ein Mann von Welt, der in großen Zusammenhängen denkt, so muß sie jetzt wohl oder übel zur Kenntnis nehmen, daß er ein ekelhafter Pedant sein kann. Stunden vergehen, auf der *Aurora* wird es still, die letzten Unermüdlichen verkrümeln sich in die Rio-Bar, wo Fürst Igor seit Stunden Hof hält und jeden Neuankömmling zu einem Igor-Spezial einlädt. In den übrigen Gesellschaftsräumen beginnt man mit dem Putzen und Aufräumen.

Der Chief hat Kaffee und Tee kommen lassen. Er hat sich eine Zigarette angesteckt, bläuliche Rauchschwaden lagern in der Luft, der Tabak duftet würzig nach Honig und erinnert Mischa an Winterabende mit Papi. Je länger sie beieinandersitzen, desto ferner rückt das Fest. Die Musik, der Tango, ihr rauschender Erfolg, die Freude am Tanzen versinken wie ein Traum. Mischa konzentriert sich auf die Arbeit. Sie will sich um keinen Preis nachsagen lassen, sie hätte schlappgemacht.

Je näher der Morgen rückt, desto häufiger greift sie zur Kaffeetasse. Der Chief tut, als bemerke er es nicht. Eine Weile bildet sie sich ein, es erfrische sie, aber die Müdigkeit holt sie immer schneller ein. Immer öfter fährt sie sich über die Augen, die Schminke ist verwischt, schwärzliche Streifen überziehen das Gesicht, die Augen sind zu schwarzen Höhlen geworden. Jetzt könnte sie ohne Mühe den ersten Preis für die Maske „Draculas Tochter" gewinnen.

Als Mischas Kopf zum zweitenmal auf die Tischplatte vor dem PC gesunken und sie fest eingeschlafen ist, sagt der Chief: „Genug für heute. Gehen wir schlafen. Sie haben morgen schließlich einen anstrengenden Tag."

Mischa hört es nicht. Der Chief rüttelt sie sanft, dann packt er sie sich kurzerhand auf die Schulter und trägt sie wie einen Mehlsack zu ihrer Kabine hinauf. Bei der Suche nach dem Schlüssel wird Mischa kurz wach.

„Ich bin ein bißchen müde", murmelt sie mit geschlossenen Augen.

„Ach, wirklich? Das ist mir gar nicht aufgefallen."

Der Chief schließt die Kabinentür auf und knipst das Licht an. Dann setzt er Mischa auf ihrem Bett ab. Sie sinkt sofort wieder in Tiefschlaf.

„He! Sie müssen die Schminke vom Gesicht runtermachen, Engelchen, sonst sehen Sie morgen aus wie Ihre eigene

Urgroßmutter!" mahnt der Chief. Umsonst. Kopfschüttelnd schaut er auf dieses Beispiel eines gesunden Babyschlafs hinunter, dann sucht er im Bad nach Fettcreme, Papiertüchern und Gesichtswasser und beginnt Mischa von den verschmierten Resten der sexy Tango-Maske zu befreien.

Nach einer Viertelstunde liegt sie gesäubert und wohlverpackt unter der Decke. Der Chief blickt zufrieden grinsend auf sein Werk, verteilt ein paar zarte Küsse auf Ohrläppchen, Nasenspitze und Augen seiner Reiseleiterin und verläßt die Kabine.

Draußen schreibt er zwei Zettel. Einen für Pieter Jong, daß Frau Schultze morgen nicht vor zehn Uhr geweckt werden möchte, einen für Inge und Jutta, daß Mischa morgen später zum Dienst erscheint, da sie bis nachts drei Uhr die Abrechnungen gemacht habe.

Nachdem er die Nachricht deponiert hat, wirft er noch einen Blick in die Rio-Bar. In einer Ecke sitzt wie vermutet Peter Michelsen. Er ist schon ziemlich betrunken, in jedem Arm hält er eines der Mädchen aus der Show-Truppe. Der Chief lächelt befriedigt.

Als er gehen will, bemerkt ihn Peter Michelsen.

„Herr Oberzahlmeister!" ruft er durch den Raum. „Wo haben Sie Ihren kleinen Hütehund gelassen?"

„Falls Sie Frau Schultze meinen sollten", sagt der Chief kühl, „die ist schon lange zu Bett gegangen. Vergessen Sie bitte nicht, daß sie morgen wieder Dienst hat. Sie kann sich nicht leisten, die Nächte durchzufeiern."

„Schon gut, Papa, wir lassen sie ja in Ruhe", brabbelt Peter Michelsen und fällt den beiden Mädchen abwechselnd um den Hals. „Wir können uns auch ohne sie amüsieren."

„Wie schön für Sie", sagt der Chief ungewohnt sanft und verläßt zufrieden die Bar.

5

Am übernächsten Tag ankert die *Aurora* im Hafen von Paranagua. Von hier aus ist ein Ausflug mit der Eisenbahn geplant, drei Stunden wird man bis Curitiba fahren und dabei ein begeisterndes Naturerlebnis haben, so steht es im Prospekt.

Schon früh drängen sie sich an der Reling, um einen Blick auf den wichtigsten südbrasilianischen Hafen zu werfen, der der größte Kaffee-Exporthafen der Welt ist, wie Herr Sähmig aus Hamburg zu berichten weiß. Er fühlt sich heute als der große Held, denn er ist Kaffee-Importeur und kennt sich in der Branche aus.

„Ich werde Teetrinker", brummt Herr Hagedans, dem die Tiraden des Herrn Sähmig allmählich auf die Nerven gehen, besonders da seine Frau mit glühenden Blicken an den Lippen des attraktiven Kaffee-Importeurs hängt. Gestern abend hat sie mindestens fünfmal mit ihm getanzt.

Nicht alle haben sich zu der langen Bahnfahrt entschließen können. Als Alternativvorschlag steht eine Busrundfahrt mit anschließendem Badeaufenthalt am Strand von Matinhos zur Wahl. Jutta wird dabeisein.

Peter Michelsen entschließt sich für die Fahrt nach Curitiba. Seit er seinen Rausch ausgeschlafen hat, ist er nicht mehr von Mischas Seite gewichen, soweit das möglich war. Er behandelt sie mit vollendeter Höflichkeit, überschüttet sie mit Aufmerksamkeiten, ohne ihr auch nur im mindesten zu nahe zu treten.

Mischa läßt sich gern von ihm verwöhnen. Sie fühlt sich seit der durchgearbeiteten Nacht überanstrengt und ertappt sich dabei, daß sie die Tage bis zur Heimkehr zählt. Über Peter

Michelsens Gefühle macht sie sich keine Gedanken, er ist wie ein guter Freund, ein großer Bruder für sie, weiter nichts. Was er selbst für sie empfindet – darüber will sie nicht nachdenken. Es fällt ihr nicht einmal auf, daß seine Bemühungen um sie dann besonders demonstrativ geraten, wenn der Chief in der Nähe ist.

Mischa vergleicht noch einmal ihre Teilnehmerliste mit den Reisegästen, die sich im Bus niedergelassen haben, der sie zum Bahnhof bringen wird.

Der Busfahrer hat bereits den Motor angelassen, da springt noch ein letzter Mitfahrer hinein. Der Chief. Mischa ist so erstaunt, daß ihr die Informations-Ansprache im Halse steckenbleibt.

„Der einheimische Führer hat uns im Stich gelassen", erklärt der Chief. „Wir haben eben gerade Nachricht von unserer hiesigen Kontaktstelle bekommen. Und da ich Curitiba ein bißchen kenne, habe ich mir gedacht, ich übernehme die Führung. Macht es Sie nervös?"

„Aber nein, überhaupt nicht!" stottert Mischa.

„Dann lassen Sie sich nicht stören."

Der Chief setzt sich in die letzte Reihe und schaut unbeteiligt aus dem Fenster, während Mischa ihre Nervosität hinunterschluckt und ein paar Informationen über die bevorstehende Fahrt über die Köpfe der Reisegesellschaft niedergehen läßt. Der Bus ist schon im gehobenen Mannesalter, er dröhnt so laut, daß Mischa schreien muß, um sich verständlich zu machen.

Eine halbe Stunde später sitzen sie in der Bergbahn nach Curitiba und rattern der Serra do Mar entgegen.

„Wenn Sie wollen, übernehme ich die Erklärung der Strecke, ich kenne sie ein wenig", hat der Chief auf dem Bahnsteig zu Mischa gesagt. „Natürlich nur, wenn es Ihnen recht ist."

Mischa hat ihn überrascht angeschaut. „Ja natürlich, sehr gern!"

„Nett von ihm, daß er dich mir überläßt." Peter Michelsen ist auch diesmal nicht von Mischas Seite gewichen und hat kurz darauf die besten Plätze für sie reserviert.

Daß der Chief Purser heute die Führung übernimmt, wirkt auf die Damen von achtzehn bis achtzig wie ein Signal. Er, der gutaussehende Held, der so unnahbar, unerreichbar war, geht nun durch die Reihen, erklärt das technische Wunder, das diese Eisenbahnstrecke über Berge und durch Schluchten darstellt, lobt die Kühnheit und den Einfallsreichtum der Erbauer, weist auf Tunnels und Brücken, auf Schluchten und Felsformationen hin. Die Damen hängen an seinen Lippen.

„Wenn man so gut aussieht, hat man kein Recht, so abweisend zu sein", flüstert hinter Mischa eine weibliche Stimme. „Ist er nicht Klasse?"

„Das Tollste an ihm ist die Stimme. So tief und weich, wie Samt. Unheimlich sexy, findest du nicht?"

Mischa macht das Getuschel nervös. Wer mag das sein? Vorsichtig schaut sie über die Schulter zur anderen Seite hinüber, als gäbe es dort etwas besonders Interessantes zu sehen. Natürlich, die beiden Töchter von Frau Hübscher! Die haben's nötig! Blöde Gänse.

„Mischa, schau schnell – ist das nicht phantastisch?" Peter freut sich wie ein kleiner Junge. „Schau in die Schlucht hinunter!"

Man müßte Zeit haben, das alles in Ruhe zu betrachten. Den Regenwald, die üppige Vegetation. Man müßte die Namen all dieser Pflanzen und Bäume kennenlernen, die vielen Vogelarten, man müßte das alles malen, denkt Mischa. Jeden einzelnen Ausblick festhalten. Das technische Wunder der Streckenlegung interessiert sie weit weniger. Die überwältigenden Naturschönheiten haben sie in ihren Bann gezogen. Die schrillen Begeisterungsschreie der anderen sind weit weg, das laute Geschwätz, das Lachen. Wie auf einer Insel sitzt sie an ihrem Fenster und versucht sich die vorbeiziehenden Bilder fest einzuprägen.

„Gefällt es Ihnen?" Der Chief ist zu ihnen getreten.

Mischa schreckt aus ihrer Versunkenheit auf und lächelt entschuldigend. „Es ist wunderbar. Ich war so in Gedanken. Ich habe mir gerade vorgestellt, wie es wäre, wenn dies nur ein Maultierpfad wäre und ich allein zu Fuß diese Strecke durchwanderte."

„Entsetzlicher Gedanke!" lacht Peter Michelsen neben ihr auf. „Mischa, du weißt dieses Wunder von einer Eisenbahnstrecke gar nicht zu würdigen!"

Um die Mundwinkel des Chiefs zuckt es ironisch. Mischa gäbe etwas darum, wenn sie Gedanken lesen könnte. Mit einem höflichen Kopfnicken geht er weiter und wird sofort von den beiden Hübscher-Mädchen mit Beschlag belegt. Sie lassen ihn gar nicht wieder weg, immer fällt ihnen eine neue Frage ein, wenn er sich abwenden will. Mischa spürt seine Nähe in ihrem Rücken wie einen heißen kribbelnden Strom.

Das geht nicht so weiter mit dir, sagt sie sich endlich. Schlag dir das aus dem Kopf, es ist ja doch aussichtslos. Hinterher gibt es Tränen und einen fürchterlichen Kater!

Sie reckt sich und verschränkt die Arme hinter dem Kopf. Dabei berührt sie die Hand des Chiefs, die oberhalb ihres Kopfes auf der Lehne ihres Sitzes liegt, der Chief muß sich festhalten, da er sich weit vorgebeugt hat, um den beiden Mädchen etwas zu zeigen. Wieder dieser leise Stromstoß.

Das muß ein Ende haben! Ich muß mich wieder unter Kontrolle kriegen, denkt Mischa ärgerlich. Ich benehme mich wie ein Teenager. Lebhaft wendet sie sich Peter Michelsen zu und beginnt ein Gespräch über Geschichte und Wirtschaft des Bundesstaates Paranà, dessen Hauptstadt Curitiba ist. Schließlich hat sie sich nicht umsonst so gut vorbereitet.

„Laß mich mit deiner grauen Theorie in Ruhe, Frau Professor", protestiert Peter Michelsen schließlich. „Ich anerkenne neidlos, daß du über die Verhältnisse in Brasilien bestens informiert bist. Aber es gibt amüsantere Themen."

„Zum Beispiel?"

„Unsere lieben Mitreisenden." Peter senkt seine Stimme. „Hast du schon mal beobachtet, wie viele Liebespaare wir inzwischen haben?"

„Nein. Darüber habe ich mir wirklich noch keine Gedanken gemacht!" sagt Mischa schnell.

Drei Stunden dauert die Fahrt. Die Bahnstrecke steigt auf ihrem Weg durch die Serra do Mar von Meereshöhe auf neunhundert Meter an. Hoch oben auf dem Cubatao-Plateau erreichen sie Curitiba. Mit ihren modernen Hochhäusern wirkt die Stadt wie eine kalte Dusche nach der aufregend schönen Fahrt. Ein Bus fährt sie über breite Straßen, an Parks und Anlagen vorbei. Sie besichtigen die Kathedrale, eine der wenigen älteren Bauten, und die Spanienreisenden unter den Passagieren weisen wichtigtuerisch auf die Ähnlichkeit mit der Kathedrale von Barcelona hin.

Die restlichen Stunden bis zur Rückfahrt stehen zur freien Verfügung. Die Reisegesellschaft wird noch mit ein paar Tips versehen, wo man gut essen, wo man einkaufen könne, und erhält Ermahnungen, bitte rechtzeitig wieder am Bahnhof zu sein.

„Komm, ich habe mir da einen Tip geben lassen, ein ausgezeichnetes kleines Lokal, da finden die anderen bestimmt nicht hin. Die meisten gehen sowieso ins *Nino,* wegen der schönen Aussicht", sagt Peter Michelsen. „Ich weiß was viel Besseres. Original brasilianische Küche."

Hinter ihnen bestürmen die beiden Hübscher-Töchter den Chief, er möge mit ihnen essen gehen. Aber der Chief bedauert. Er muß einen alten Freund besuchen, der schon auf ihn wartet. Ein andermal vielleicht.

Mischa und Peter Michelsen fragen sich zu dem kleinen Lokal durch. Es liegt versteckt in einem Innenhof unter schattigen Bäumen. In einer Akazie streiten sich zwei Papageien. Auf einem Grill im Hof brutzeln Fleischstücke über dem Feuer. Aus Töpfen leuchtet es bunt: schwarze Bohnen, Mais, Tomaten. Eine dicke Frau im weißen Kittel, auf dem Kopf ein Tuch zu einem riesigen Turban gebunden, begrüßt sie lachend.

Peter Michelsen bestellt eine Flasche Landwein und stellt das Menü zusammen. Die aufregende Fahrt hat sie hungrig gemacht.

Als er das Glas hebt, um Mischa zuzutrinken, erstarrt er. „Ach du lieber Himmel, daran habe ich natürlich nicht gedacht", flüstert er ihr zu. „Daß dein gestrenger Boß auch hierherkommen könnte. Wir werden ihn wohl oder übel an unseren Tisch bitten müssen. Zu dumm, ich hatte mich so auf das Alleinsein mit dir gefreut." Peter steht auf und winkt den Chief an den Tisch. „Kommen Sie, leisten Sie uns Gesellschaft. Wenn der Tip nichts taugt, werden Sie auf der Stelle am Spieß gebraten."

„Einverstanden." Der Chief setzt sich Mischa gegenüber, er grinst zufrieden.

„Das war aber ein kurzer Besuch", sagt Mischa. „Bei Ihrem Freund!"

„Bei welchem ... Ach so, ja, er war noch nicht da. Ich werde später noch einmal vorbeigehen."

Der Chief bestellt sich eine Feijoada und ebenfalls einen Wein. Eine Weile schweigen sie sich an. Peter Michelsen ist immer noch verärgert über das verpatzte Essen zu zweit, und es juckt ihn, seinen Ärger an dem Eindringling auszulassen. Fühlt er etwas von der Erregung, die Mischa in der Gegenwart des gutaussehenden Mannes überfällt? Wittert er den Konkurrenten? Jedenfalls ist sein Tonfall ungewohnt herablassend und überheblich, als er die Unterhaltung beginnt.

„Nun, Herr Oberzahlmeister, schön, daß Sie bei uns sind. Da können wir unsere Neugier befriedigen und Sie ein bißchen nach den Geheimnissen Ihres Berufs ausquetschen. Ich wollte schon immer mal wissen, wie man eigentlich Zahlmeister wird. Kapitän, der Traum, zur See zu fahren, das kann ich ja verstehen. Aber Zahlmeister? Was ist man da? Ein besserer Hoteldirektor oder so was?" Peter Michelsen legt demonstrativ den Arm um Mischas Schultern.

„So ist es. Ein besserer Hoteldirektor", sagt der Chief in seiner gewohnt unnahbaren Art. Er verzieht keine Miene. „Wie und warum man das wird, kann ich Ihnen nicht sagen. Ich kann Ihnen höchstens sagen, wie und warum ich es geworden bin. Mehr oder weniger aus Zufall. Ich gehöre zu den Söhnen erfolgreicher Väter, die keine Wahl haben, was sie werden wollen. Die den väterlichen Betrieb übernehmen müssen. Und um dieser Verpflichtung noch so lange wie möglich zu entgehen, bin ich zur See gegangen."

„Interessant." Es klingt wie Spott aus Peter Michelsens Mund. „Und was ist Ihr Vater?"

„Er besitzt ein Hotel. Ein gutgehendes Sporthotel in den Bergen. Das hieß für mich von vornherein: Sprachen, Bankkaufmann, Hotelfachschule, Auslandserfahrungen – nun ja. Und als es dann soweit war, habe ich mich abgesetzt. Bin zur See gefahren."

„Verstehen Sie sich nicht gut mit Ihrem Vater?" fragt Mischa teilnahmsvoll.

Der Chief schaut sie an. Lieb. Dann versteckt er sich wieder. Es ist, als ob er eine unsichtbare dunkle Brille aufsetzt.

„Ich verstand mich sehr gut mit ihm. Er begriff, daß ich nicht ewig der kleine Junge zu Hause sein wollte. Der Junior, der nichts zu sagen hat. Es genügte ihm, zu wissen, daß ich eines Tages da weitermachen würde, wo er aufgehört hat. Er wollte sich in Italien zur Ruhe setzen, in ein paar Jahren. Dazu ist es nicht mehr gekommen. Er ist vor einigen Wochen gestorben."

„Oh", sagt Mischa betroffen. „Das tut mir leid."

Eine Pause entsteht. Dann nimmt Peter Michelsen den Faden wieder auf. „Dann werden Sie der See also bald den Rücken kehren, wenn ich Sie recht verstanden habe?"

„Wahrscheinlich. Ich weiß noch nicht, was ich mache. Verpachten – verkaufen – übernehmen, es hängt von einigen Dingen ab, die erst geklärt werden müssen." Der Chief starrt versonnen auf Mischa.

„Haben Sie keine Geschwister?" setzt Peter Michelsen das Verhör fort.

„Doch, eine Schwester. Sie studiert Medizin. Will Kinderärztin werden. Sie ist zehn Jahre jünger als ich." Es ist, als spräche er nur zu Mischa.

Peter Michelsen läßt nicht locker. „Und was treibt man so – ich meine, privat – als Oberzahlmeister? Seemannslos – in jedem Hafen eine Braut – und zu Hause das liebe Frauchen und die Kinder?"

Mischa bewundert die Ruhe des Chiefs. Wenn er sich über den herablassenden Ton Peter Michelsens ärgert, so läßt er es sich wenigstens nicht anmerken.

„Man lebt wie jeder normale Bürger", sagt der Chief unbeteiligt. „Nach der Arbeit liest man oder hört Musik oder redet mit Freunden. Im Urlaub holt man nach, was einem auf See gefehlt hat, Theater, Ausstellungen, Konzerte. Man wandert oder steigt auf die Berge – und sucht sich Plätze, wo man nach dem Rummel einer solchen Schiffsreise zur Ruhe kommen kann."

Die dicke Wirtin bringt das Essen, und eine Weile sind sie schweigend damit beschäftigt, sich die köstlichen Spezialitäten schmecken zu lassen.

„Theater, Konzerte", nimmt Peter Michelsen das Thema wieder auf. „Du lieber Himmel, man müßte mich prügeln, wenn ich mich einen ganzen Abend lang still auf einen Stuhl setzen sollte, um Klassikern zu lauschen. Wozu gibt es das Fernsehen – und so hervorragende Stereoanlagen?"

„Es müssen ja nicht immer Klassiker sein", wirft Mischa lebhaft ein. „Ich liebe Konzerte. Mit alter und mit neuer Musik, beides. Und Theater, Ballett, Kino! Es ist doch eine ganz andere Atmosphäre, als wenn man vor der Glotze sitzt!"

Über das Gesicht des Chiefs huscht ein Lächeln. Diese Runde ist an ihn gegangen.

„Und Sie steigen wirklich auf Berge? Ganz allein? Da muß man doch so gräßlich früh aufstehen!" ruft Peter Michelsen exaltiert aus. „Kannst du dir das vorstellen, Mischa, Sonntag früh um fünf aus dem Bett, nur um den Sonnenaufgang zu sehen?"

„Ich habe es noch nicht probiert", weicht Mischa aus.

„Um den Sonnenaufgang zu sehen, müßten Sie schon wesentlich früher aufstehen", belehrt sie der Chief. „Aber es lohnt sich."

„Ihre arme Frau", Peter Michelsen schiebt seinen Teller von sich und legt wieder den Arm um Mischas Schulter. „Wie hält sie das aus?"

„Ich weiß nicht. Ich bin noch nicht verheiratet", sagt der Chief und schaut Mischa an.

„Ah ja? Erzählen Sie uns von Ihrer großen Liebe!" ruft Peter Michelsen und drückt Mischas Schulter.

Mischa rutscht auf ihrem Stuhl hin und her, um sich unauffällig aus der Umarmung lösen zu können. „Du bist unfair, Peter.

Du stellst Fragen wie ein Inquisitor. Und wenn man dich fragen will, weichst du aus, kein Wörtchen ist aus dir rauszukriegen, großer Schriftsteller! Wie wär's zum Beispiel, wenn du für uns endlich mal das Geheimnis deines Pseudonyms lüften würdest?"

„Das ist ein ganz anderes Kapitel! Schließlich reise ich Under Cover, meine liebe Mischa. Haben Sie eine Zigarette für mich, Herr Oberzahlmeister?"

„Tut mir leid, ich habe selbst keine mehr!"

„Dann werde ich mal die Frau fragen, wo es hier welche gibt. Entschuldigt mich einen Moment." Peter Michelsen springt auf und läuft über den Hof.

Mischa und der Chief schweigen sich an.

„Ja, es wird dann Zeit, daß ich gehe", murmelt der Chief und greift nach seinem Glas.

Mischa nimmt ihr Glas in die Hand und nähert es langsam dem seinen. „Ich trinke auf Chief Tom, den großen Häuptling", sagt sie leise.

6

Drei Tage später nimmt die *Aurora* Kurs auf Salvador. Einen Tag lang haben sie in Santos vor Anker gelegen und eine Rundfahrt durch Sao Paulo gemacht. Die betriebsame Großstadt hat sie erschöpft, und sie sind froh, wieder zwei Tage lang nur auf See zu sein.

Mischa beginnt, über ihre Gäste nachzudenken. Schicksale, Geschichten werden sichtbar. Aus Namen auf einem Ticket, aus Gesichtern, die zunächst nur „Typen" waren, werden Menschen. Menschen, bei denen es ihr nicht mehr gleichgültig ist, ob sie sich wohl fühlen oder nicht, ob ihre Wünsche und Erwartungen erfüllt werden.

Natürlich, da sind die wenigen Unverbesserlichen, die nicht wissen, was sie mit sich anfangen sollen, mit einem Höchstmaß an Amüsement ihre Langeweile vertreiben zu können. Die einem vorkommen wie leere Gefäße, Gefäße ohne Boden, man füllt und füllt sie, und nichts bleibt.

Mischa würde gern mit jemandem darüber sprechen. In Gedanken führt sie vor dem Einschlafen lange Diskussionen mit dem Chief. Doch im Trubel ihres Arbeitstages kommt es nicht zu solchen Gesprächen. Auch der Chief ist zu beschäftigt, er ist überall und nirgends, unerreichbar und doch allgegenwärtig. Allgegenwärtig vor allem dann, wenn ihr ein Fehler unterläuft, wie Mischa wütend feststellt. „Er ist wie der liebe Gott", spottet Peter Michelsen. „Vermutlich hält er sich auch dafür."

Mit der Zeit kümmert sich Mischa immer mehr um ihre Reisegäste. Sie schützt keine dringenden Pflichten mehr vor, wenn jemand sich mit ihr unterhalten möchte, sie bemüht sich, auch auf die lästigsten Fragen geduldig zu antworten, ohne innerlich mit den Zähnen zu knirschen. Der Job beginnt Beruf zu werden.

Gegen halb zwei legt die *Aurora* im Hafen von Salvador an. Vor ihnen im flimmernden Mittagslicht erhebt sich die Stadt, zahllose Terrassen verbinden die auf einer flachen, schmalen Strandplatte der Steilküste vorgelagerte Unterstadt mit der siebzig Meter darüber aufragenden Oberstadt. In der Bucht wimmelt es von bunten Booten. Gesichter in allen Schattierungen von Schwarz bis Hellbraun.

„Darf ich um Ihre Aufmerksamkeit bitten, meine Herrschaften", übertönt Mischa die Versammlung. „Wir werden unseren Rundgang durch Salvador da Bahia, wie Sie wissen, zu Fuß machen. Ich hoffe, Sie haben bequeme Schuhe an und sind auf einen längeren Marsch vorbereitet. Salvador soll angeblich hundertzwanzig Kirchen besitzen, die müssen Sie sich natürlich nicht alle anschauen."

Gehorsames Lachen.

„Aber ein paar der sehenswertesten Kirchen wollen wir Ihnen zeigen und versuchen, Ihnen einen Eindruck von dieser außergewöhnlich reizvollen Stadt zu geben. Wir beginnen mit der Cidade Baixa, der Unterstadt, sehen uns den Mercado Modelo, einen wunderschönen Markt, an und werden anschließend Conceiçao da Praia besichtigen, eine Kirche, die am 8. Dezember, also in einigen Tagen, im Mittelpunkt eines großen Festes steht, und von der am ersten Januar jeden Jahres eine Schiffsprozession ausgeht."

„Schade, daß wir das nicht erleben."

„Kriegen wir wenigstens einen Candomblé zu sehen?" ruft jemand aus dem Hintergrund.

„Leider nein, die Candomblés beginnen spät abends und dauern die ganze Nacht durch, dann sind wir schon wieder auf See. Aber wir werden eine Capoeira sehen. Heute ist das ein Tanz, das Wort bedeutet ‚Hahnentanz', aber früher einmal war es eine Form der Selbstverteidigung der Schwarzen, die sich mit gefesselten Händen ja nur mit den Beinen zur Wehr setzen konnten. An der Praça Cairu, wo wir diese Capoeira erleben, werden wir dann in den Elevador Lacerda steigen, das ist ein siebzig Meter hoher elektrischer Aufzug, der uns in die Oberstadt bringt, in die Cindade Alta. Was wir dort alles zu sehen bekommen, erzähle ich Ihnen später. Ich möchte Ihnen noch unseren einheimischen Führer vorstellen, Senhor Ferreira – und nun folgen Sie uns bitte zunächst zu einem kleinen Rundgang durch das Hafenviertel."

„Was ist das eigentlich, ein Candomblé?" fragt die jüngste

Hübscher-Tochter mit ihrer Piepsstimme Peter Michelsen, den sie seit neuestem aufs Korn genommen hat.

„Dabei werden die Götter gerufen", Peter Michelsen senkt seine Stimme zu einem geheimnisvollen Flüstern. „Sie werden mit Trommeln und Musik und Beschwörungsformeln herbeigeholt, mit dem Blut von Hähnen und Ziegenböcken, das man den Auserwählten über die Köpfe gießt. Die Auserwählten tanzen, bis sie in Trance fallen und die Götter von ihnen Besitz ergreifen!"

„Hua, das ist ja schaurig!" Das Mädchen schüttelt sich und greift schutzsuchend nach Peter Michelsens Arm. „Aber sehen möchte ich es trotzdem."

„Und wenn nun Exu, der Schreckenerregende, in Ihren Körper fährt und Sie nie wieder losläßt?"

Irmi Hübscher kichert.

Brütende Hitze liegt über der Stadt, die frische Brise vom Meer her dringt kaum in die engen Gassen.

Beim Capoeira kommen die Fotografen endlich auf ihre Kosten. Mischa hält sich im Hintergrund, sie ist vom vielen Reden und Rennen zu erschöpft, um sich in das Gedränge um die Tanzfläche zu mischen.

„Na? Wie läuft es?" spricht sie plötzlich jemand von hinten an, eine Stimme, die sie unter Tausenden herauskennen würde. Der Chief steht hinter ihr, unter dem Arm ein Paket Bücher.

„Es läuft nicht nur, es galoppiert", seufzt Mischa. „Unser guter Senhor Ferreira muß mal Olympiasieger im Marathonlauf gewesen sein. Idiotisch, diese Gewalttouren, bei denen man hinterher nicht mehr weiß, was man da alles im Eiltempo gesehen hat. Der Charme, die Atmosphäre der Stadt bleiben auf der Strecke. Alles wird auf das Maß der Touristenneugier eingeengt, eingepreßt, bis kein Atem mehr in dem allen ist."

„Was wollen Sie, die Leute verlangen es. Sie glauben nicht wie viele Beschwerden kommen, wenn man irgendeine versprochene Sehenswürdigkeit ausgelassen hat!" sagt der Chief achselzuckend.

„Aber das ist doch grauenhaft!" begehrt Mischa auf. „Man müßte die Leute umziehen!"

„Das übersteigt leider unsere Möglichkeiten."

„Es macht mich traurig", sagt Mischa leise. „Es ist so schade um diese Stadt. Hier möchte ich einmal Zeit haben. Sie haben Zeit! Können durch Buchläden wandern und stöbern! Wie ich Sie darum beneide!"

„Aber leider ist jetzt der Tanz zu Ende, und Sie müssen Ihre Schützlinge in den Aufzug verfrachten. Machen Sie nicht so ein böses Gesicht. Immer nur lächeln, Engelchen. Take it easy!" Und schon ist er in der Menge verschwunden.

Eigentlich bin ich ungerecht, denkt Mischa. Was kann er denn dafür! Dies hier ist mein Job, ich werde dafür bezahlt. Also weiter. „Bitte, meine Herrschaften – hier hinüber. Und tun Sie mir den Gefallen, alle zusammenzubleiben!"

Mischa bemüht sich, ihre Gedanken ganz auf ihre Aufgabe zu richten. Aber es ist wie verhext. Sie bleiben an einem Mann hängen, der jetzt mit einem Bücherpaket unter dem Arm durch die Gassen der Unterstadt wandert. Einem Mann, der sie wie an einem unsichtbaren Faden hält. Sie sieht seine schlanke Gestalt zwischen der bunten Menge der Einheimischen, sieht seinen dunklen Haarschopf über das mit Papierspitzen belegte Tablett einer Pastetenverkäuferin gebeugt. Sieht seine braunen Augen auf die Auslage eines Geschäfts gerichtet. Sieht seine Bewegungen. Wie er sich die Stirn streicht, sein Weinglas nimmt.

Sie ist in Gedanken so mit ihm beschäftigt, daß sie sich nicht wundert, ihn eine Stunde später in der Oberstadt wiederzusehen.

Die Reisegruppe schiebt sich gerade durch die Klosterkirche

Sao Francisco auf die Apsis zu, in der es vergoldete Holzschnitzereien und einen so reichen Innenschmuck zu sehen gibt, daß das Auge kaum einen Ruhepunkt findet. Niemand außer Mischa bemerkt den Chief, der in einer Seitennische vor einem kleinen Altar des heiligen Franziskus steht und eine Kerze anzündet. Er ist tief in Gedanken versunken. Betet er? Denkt er an seine Freundin? Ist die Kerze eine geheime Verbindung zwischen ihm und ihr?

Mischa wendet sich schnell ab. Zum Glück wird sie von der Reisegesellschaft schon erwartet. Sie soll übersetzen, die Fragen überstürzen sich. Für den Rest des Tages ist der Chief vergessen.

Gegen elf Uhr abends nimmt die *Aurora* Abschied von Salvador. Auf den Kais ist alles in Bewegung. Musik beherrscht die Menschen, der Rhythmus der Rasseln kommt aus den verborgensten Winkeln. Um die Tabletts der Bahianerinnen drängen sich die Stammkunden, kaufen Mingau von gegorenem Maniok oder Mais, geröstete Schweine- oder Hammelinnereien. Kinder raufen sich um eine Wassermelone. Ein paar junge Männer drehen sich selbstvergessen in Sambaschritten.

Mischa hat sich für einen Augenblick der Reisegesellschaft entzogen. Sie hockt auf dem oberen Sonnendeck und schaut zur Stadt hinüber.

Hinter den Kais schläft die Unterstadt. Aber oben, in der Cidade Alta pulsiert das Leben. Dort schreiten jetzt Priester und Priesterinnen bei den Klängen von Trommeln, Rasseln, Kuhglocken und Flaschenkürbissen zum Candomblé. Im Mondlicht entfalten sich die Schönheit und das Mysterium Bahias. Jetzt hierbleiben können! denkt Mischa sehnsüchtig.

„Wenn du deine Stadt liebst", zitiert hinter ihr eine Stimme, „wenn deine Stadt Rio ist, Sao Paulo oder Leningrad, Venedig mit seinen Kanälen oder Prag mit seinen alten Türmen, Peking oder Wien – dann komm nicht in die Nähe von Bahia, denn dort wird eine neue Liebe dein Herz erfüllen. Eine prächtige Stadt, Braut des Meeres, Herrin des Mysteriums und der Schönheit. In diesem Meer wohnt Iemanjà, die Göttin mit den fünf Namen, und der geheimnisvolle Ruf der Atabaques hallt nächtens von den alten Häusern wider, den goldgeschmückten Kirchen, den steilen, vergangenheitsträchtigen Straßen. Das Geheimnis und die Schönheit dieser Stadt werden dich gefangennehmen, du wirst dein Herz für immer vergeben. Nie mehr wirst du Bahia vergessen können, das Öl seiner Schönheit wird dich gesalbt, seine magische Wirklichkeit dich für immer verwirrt haben ..."

„Das ist wundervoll, wer hat das geschrieben?" sagt Mischa und muß sich räuspern, denn ihre Stimme ist ganz rauh.

„Jorge Amado. Alle seine Romane kreisen um Salvador da Bahia und sein Hinterland. Da – hab ich Ihnen mitgebracht."

Der Chief legt Mischa ein Buch in den Schoß. Im Dunkeln kann sie den Titel kaum erkennen. Als sie die Worte „Jorge Amado" entziffert hat, ist der Chief bereits gegangen.

Die *Aurora* rüstet sich für den großen Gala-Abend.

In Salvador sind ein paar Showstars an Bord gekommen, die dem Fest einen besonderen Glanz verleihen sollen. Der Konsul hat an Einfällen nicht gespart, um seinen Gästen etwas zu bieten. Die Junggesellen unter den Passagieren – Peter Michelsen nicht ausgenommen – lungern um den Proberaum der Showstars herum wie hungrige Wölfe. Dabei ist das Angebot an attraktiver Weiblichkeit an Bord wirklich nicht knapp.

Der Friseursalon ist überfüllt. Marcel und seine Gehilfinnen müssen all ihr Können aufbieten, um immer neue Kreationen für den großen Abend zu schaffen. Blumen werden in kunstvoll geflochtene Knoten gesteckt, brillantglitzernde Stirnbänder zwischen Locken befestigt, glitzernde Sternchen in Zöpfchen befestigt, Spangen in Schockfarben probiert.

Mischa hat einen Brief vom Konsul bekommen. Papi läßt grüßen, sie beide sind oft zusammen. Der Konsul gratuliert ihr zu ihren Erfolgen und hat nur Lobendes gehört. Von wem, schreibt er nicht. Er wünscht weiter gute Reise und viel Spaß, und daß Papi und er schon das Begrüßungsmenü für ihre Heimkehr komponierten.

Mischa hält das Blatt Papier lange in der Hand und liest es immer wieder. Ein bißchen Heimweh steigt in ihr hoch. Papi – was wird er jetzt machen? Steht er am Herd – oder sitzt er am Schreibtisch und arbeitet? Er schaut vielleicht manchmal ihr Foto an und freut sich auf Weihnachten, wenn sie wieder zusammen sind.

Als Mischa zu ihrer Kabine geht, um sich umzuziehen, trifft sie auf Jan Domsky. Er steht an der Reling und macht ein Gesicht, als wolle er sich jeden Augenblick in die Tiefe stürzen.

„Jan! Noch nicht in Gala – für den großen Abend?"

Jan Domsky brummelt Unverständliches. Vermutlich ist es nicht besonders stubenrein.

„Ärger gehabt?"

Jan Domsky dreht sich zu Mischa um und sieht sie so todtraurig an, daß sie ihn am liebsten in die Arme nehmen und trösten würde.

„Ich habe einen Brief von meiner Frau bekommen. Herrgottnochmal, manchmal wünsche ich diese ganze Seefahrt zum Teufel!"

„Was ist denn passiert? Hat Ihre Frau Sie verlassen?"

„Mich verlassen?" Bei diesem Gedanken ist Jan Domsky so vom Donner gerührt, daß er alles andere vergißt. „Du lieber Himmel, nein! An so eine Möglichkeit habe ich überhaupt noch nicht gedacht."

„Na, dann ist es ja gut."

„Gut? Nichts ist gut! Unser Sohn hat sich beim Fußballtraining das Bein gebrochen, die Tochter schreibt eine schlechte Note nach der anderen, und als ob das nicht reichte, setzt meine Frau unseren neuen Wagen in den Straßengraben! Totalschaden! Und wir wollten im Frühjahr das Dach unseres Hauses neu decken lassen!"

„Und Ihre Frau? Ist sie schwer verletzt?"

„Nein, nur ein paar Schrammen."

„Dann seien Sie doch froh, Mann!" Mischa boxt den jungen Offizier in die Schulter. „Herrgottnochmal, euch Mannsbilder sollte man manchmal wirklich verprügeln! Freuen Sie sich, daß Ihre Frau lebt, schreiben Sie ihr einen lieben Brief, sagen Sie ihr, daß es Ihnen leid tut, in dieser schweren Zeit nicht bei ihr sein zu können. Und schreiben Sie an Ihre Kinder! Versprechen Sie Ihrer Tochter, in den Ferien mit ihr zu pauken, und reden Sie Ihrem Jungen gut zu."

Jan Domsky kratzt sich am Hinterkopf. „Wissen Sie, das ist es ja gerade. Ich bin kein Briefschreiber, es liegt mir nicht, verstehen Sie, ich bin einfach nicht der Typ dafür. Ich bin ein guter Ehemann, bestimmt, aber schreiben..."

„Da liegt der Hase im Pfeffer. Haben Sie sich jemals überlegt, daß Ihre Tochter vielleicht nur deshalb schlechte Schulnoten heimbringt, weil Sie ihr fehlen? Und daß Ihre Frau den Wagen zu Schrott fährt, weil sie sich vielleicht gerade um Sie sorgt?"

„Schon möglich. Aber mit dem Briefschreiben klappt's nicht!"

„Jan, machen Sie sich doch nicht lächerlich", unterbricht Mischa ihn ärgerlich. „Sind Sie ein erwachsener Mann, oder nicht?"

Jan Domsky grinst breit.

„Na also, dann setzen Sie sich, Teufel noch mal, jetzt hin und schreiben an Ihre Familie!"

Jan Domsky schleicht, die Hände in die Hosentaschen vergraben, davon. Mischas Standpauke hat ihn beeindruckt. Mischa bleibt noch einen Augenblick an der Reling stehen. Sie legt den Kopf in den Nacken, schließt die Augen und läßt sich den Seewind um die Nase wehen. Herrlich ist das!

Eine ganze Weile steht sie regungslos. Denkt an nichts, träumt nicht einmal. Ganz gelöst öffnet sie sich dem Wind, dem Geräusch der Wellen, dem Geruch des Salzwassers und des sonnendurchglühten Holzes.

Ein leiser Hauch von Zigarettenrauch mischt sich hinein, ein Tabak, der leicht nach Honig schmeckt und nach frischen Feigen.

Mischa öffnet die Augen. Wenige Meter von ihr entfernt steht der Chief und schaut sie an. Als sie ihn bemerkt, lächelt er ihr kurz zu, dreht sich um und geht. Hat er sie die ganze Zeit beobachtet?

In der Tür stößt er mit Peter Michelsen zusammen.

„Mischa! Immer noch nicht umgezogen?" ruft Peter schon von weitem vorwurfsvoll. „Ich wollte dich gerade abholen!"

„Ich hatte noch zu tun", entschuldigt sich Mischa hastig. „Warte unten in der Cocktailbar auf mich, ja?"

„Kann ich nicht so lange hier ..."

Sie werden vom Chief unterbrochen, der noch einmal zurückkommt, als hätte er etwas vergessen.

„... oder in deiner Kabine. Ich schaue dir schon nichts ab, falls du das befürchtest", fährt Peter Michelsen grinsend fort und vergewissert sich, daß es der Chief auch gehört hat.

„Bitte, Peter." Mischa drängt ihn in Richtung Tür. „Ich bin in einer Viertelstunde unten."

„Okay, Prinzessin, ich werde mich inzwischen sinnlos besaufen. Bis gleich."

Peter Michelsen schlendert davon, und in einigem Abstand folgt ihm der Chief. Sittenwächter! denkt Mischa ärgerlich. Was geht es ihn eigentlich an! Und sie beschließt, heute abend besonders aufregend auszusehen.

Helens Armani-Modell hat sie sich extra für diesen Abend aufgehoben. Ein Hauch aus reiner Seide, der den Körper umschmeichelt in allen Schattierungen von Türkis bis Hellblau, nur von schmalen Seidenträgern gehalten. Es ist vorn hochgeschlossen und läßt den Rücken bis zur Taille frei – der richtige Rahmen für ihre inzwischen beachtliche Sonnenbräune. Passende Ohrclips in Form kleiner Seesterne und ein schmales Armband sind der einzige Schmuck. Ihre langen Haare bürstet sie sich zu einer Löwenmähne. Die Augen spiegeln die Farbe des Kleides wider und werden durch ein raffiniert-dezentes Make-up noch vergrößert. Der Lippenstift erinnert an die Farbe von Flamingos und das Parfum an Nächte in Acapulco.

Mischa ist hochzufrieden.

Als sie die Bar betritt, wird spontan applaudiert. Peter Michelsen strahlt, als hätte er eben das große Los gewonnen und legt sofort besitzergreifend seinen Arm um ihre Schultern. Der Chief steht neben der Tür und beißt die Zähne zusammen. Mischa sieht, wie seine Backenknochen hart hervortreten.

Das Hochgefühl, schön zu sein, begehrenswert, trägt sie durch den ganzen Abend. Es macht sie locker, funkelnd und strahlend, sie bewegt sich durch die Räume, als wäre sie wie Sterntaler gerade mit einem Goldregen beschenkt worden und müßte nun von ihrem Reichtum abgeben.

Die mürrischen Schwestern Pennymaker schmelzen dahin, als Mischa sich nach ihrem Befinden erkundigt und ihnen Komplimente über ihr jugendliches Aussehen macht. Frau Wackernagel sprüht Funken vor guter Laune, als Mischa ihr sagt, die Seereise habe sie in einen ganz neuen Menschen verwandelt.

Weiter rauscht Mischa mit ihrer Wundertüte und verteilt ihre Gaben. Fürst Igor, warum machen Sie sich so rar? Wissen Sie nicht, wie viele Damen sie heimlich bewundern? Lotte Eulenhagen hat sich so hübsch gemacht, sieht sie nicht zehn Jahre jünger aus? Und es gelingt ihr das Kunststück, Fürst Igor zu einem Tänzchen mit der alten Dame zu bewegen. Ja, noch mehr! Als Lotte Eulenhagen mädchenhaft errötend Fürst Igor auf die Tanzfläche folgt, drückt sie vorher Mischa ihr samtenes Schmuckkästchen in den Arm. „Heben Sie's so lange für mich auf, ja?"

„Aber gern!" stottert Mischa überrascht und läßt sich bei Amalie Eulenhagen nieder, um ihr Gesellschaft zu leisten.

Nach zwei Stunden wird es Peter Michelsen zu bunt. Er tritt mit zwei Gläsern Sekt auf Mischa zu und drückt ihr eines davon in die Hand. „Jetzt hast du dich genug um die anderen gekümmert. Nun bin ich dran. Komm, gehen wir nach draußen, es ist eine herrliche Nacht. Bis die Show beginnt, haben wir gerade noch eine Viertelstunde Zeit."

„Peter, der Vernachlässigte! Mir kommen gleich die Tränen! Wo sind denn deine Superfrauen alle?" spottet Mischa.

„Was willst du, das sind doch alles Ersatzfrauen! Nur dazu da, um mich über deine ständige Abwesenheit zu trösten. Soll ich hier total versauern?"

„Um Himmels willen, nein! Das würde ich mir nie verzeihen! Schließlich bist du hier Gast, und für unsere Gäste tun wir alles!"

Mischa hängt sich bei ihm ein und geht mit ihm aufs Verandadeck hinaus. An der Reling lösen sich schnell zwei Gestalten voneinander. Baker junior und Line Brinkmann. Ein paar Meter weiter steht Georg Brunner, der Erste Offizier, und zeigt Frau Sähmig die Sterne, wobei er schützend einen Arm um ihre Taille gelegt hat. Und nicht weit entfernt entdeckt Mischa Inge mit dem schüchternen Anwalt aus Freiburg. Sie sieht ihn an, daß ihm vor Aufregung die Brillengläser beschlagen.

„Hier muß irgendwo ein Nest sein", kichert Mischa. „Komm, setzen wir uns in die Deckstühle da drüben."

Eine Weile schauen sie stumm in den Sternenhimmel. Peter Michelsen hält Mischas Hand, und hin und wieder trinken sie sich im Halbdunkel zu wie zwei Verschwörer. Dann beginnt Peter von seinen Reisen zu erzählen: von einer ähnlichen Nacht am Fuße des Kilimandscharo und von einer aufregenden Party im Palast eines Sultans in Marokko. Es folgen endlose Beschreibungen seiner Segeltouren um die griechischen Inseln. Mischa hört nur halb zu, sie fühlt sich wunderbar entspannt und schläfrig. Drinnen hat längst die Show begonnen, man hört Lachen und Applaus. Aber nichts kann in diesem Augenblick schöner sein, als hier draußen zu liegen und in die Sterne zu schauen.

„Tststs! Na, das hätte mich auch gewundert!" sagt Peter Michelsen in Mischas Schläfrigkeit hinein. „Wenn dein Boß nicht die Runde gemacht hätte, um zu sehen, was du machst. Er schleicht schon wieder durch die Gegend."

Mischa fährt hoch. „Und? Hat er uns gesehen?"

„Klar. Warum – stört es dich?"

„Ach wo", sagt Mischa ärgerlich. „Überhaupt nicht."

„Wenn du mich fragst, das ist der reinste Sklaventreiber. Weißt du, an was er mich erinnert? An gewisse englische Witzfiguren. Er ist das personifizierte Understatement. Wahrscheinlich würde er auch noch, wenn das Schiff schon halb untergegangen ist, prüfen, ob seine Abrechnungen stimmen."

„Du bist ganz schön boshaft", kichert Mischa.

„Entschuldige. Aber der Kerl geht mir irgendwie auf den Geist. Ich weiß selbst nicht, warum."

Aber ich, denkt Mischa. Du fühlst instinktiv, daß du ihm nicht das Wasser reichen kannst. Nicht bei mir jedenfalls.

Die Stimmung ist hin. Also entschließen sie sich, den Rest der Show anzusehen.

„Warte hier", sagt Peter Michelsen in der Tür. „Ich schaue, wo ich einen Platz für uns finde."

„Na – haben Sie's endlich geschafft?" fragt der Chief hinter Mischa sarkastisch. „Zappelt der große Schriftsteller an der Angel? Ich möchte nicht versäumen, Ihnen zu gratulieren."

Mischa dreht sich wie vom Blitz getroffen um. Sie ist schneeweiß im Gesicht, sie beherrscht sich nur mit äußerster Mühe. „Ich möchte Sie sprechen", sagt sie eisig. „In Ihrem Büro."

Der Chief stakst leicht verwirrt vor ihr her. Er scheint ein paar Whiskys gekippt zu haben. Umständlich schließt er die Tür zu seinem Büro auf und läßt Mischa vorgehen.

Mischa wartet, bis er die Tür hinter sich geschlossen hat, dann faucht sie los. Wie eine Wildkatze rennt sie im Zimmer auf und ab, ihre Augen funkeln gefährlich. Am liebsten nähme sie jeden einzelnen Gegenstand vom Schreibtisch und feuerte ihn gegen die Wand, sie ist genau in der richtigen Stimmung. Aber sie ist klug genug, sich auf Worte zu beschränken.

„Was fällt Ihnen eigentlich ein, eine solche Bemerkung zu machen? Das ist eine Unverschämtheit! Und wenn Sie hundertmal mein Chef sind, mein Privatleben geht Sie einen Dreck an! Sie bespitzeln und bewachen mich, als sei ich Ihre Sklavin, Ihr Hund, der auf Pfiff parieren muß! Wenn Sie mit meiner Arbeit nicht zufrieden sind, dann setzen Sie mich im nächsten Hafen raus und engagieren eine andere. Aber irgendwann habe auch ich mal Feierabend und das Recht auf ein Privatleben, und das geht Sie überhaupt nichts an!"

„Das sagten Sie bereits", wirft der Chief in sanftem Ton ein und grinst etwas hilflos.

„Und außerdem", faucht Mischa, und vor Zorn treten ihr die Tränen in die Augen, „stehe ich weder auf Peter Michelsen noch auf sonst jemanden. Männer interessieren mich überhaupt nicht. Man hat mich zu diesem Job überredet, und ich habe ihn angenommen. Ich wollte überhaupt nicht! Ich wäre froh, wenn ich ruhig zu Hause in der Uni hocken könnte und weiterstudieren! Und friedlich mit meinem Vater zusammenleben wie bisher! Aber, man hat mir eingeredet, es wäre gut und richtig, diesen Job anzunehmen, und ich habe es getan. Und da ich mich einmal dazu entschlossen habe, werde ich die Sache auch zu Ende führen, so gut ich kann ... und ... und ... wo war ich stehengeblieben", fragt Mischa, denn das Grinsen des Chiefs macht sie nervös.

„Daß Sie die Sache zu Ende führen werden, so gut Sie können."

„Ja, das werde ich auch! Und wenn Sie zu dämlich sind, das zu begreifen, dann tun Sie mir leid!"

Mischa fällt nichts mehr ein, jetzt kann nur noch ein wirkungsvoller Abgang helfen. Hocherhobenen Hauptes marschiert sie zur Tür, um sie hinter sich zuzuknallen. Aber der Chief kommt ihr zuvor und reißt die Tür höflich vor ihr auf.

„Gute Nacht!" knurrt Mischa und versucht das Türenknallen in ihre Stimme zu verlegen. Leider stellen sich in dem Wort „Nacht" zwei bis drei Tränen quer, die deutlich herauszuhören sind. Nobody is perfect. Sein Fett hat er jedenfalls gekriegt, der Herr Chief Purser. Der wird sich hüten, noch einmal eine dumme Bemerkung zu machen.

Mischa ist die Lust auf den Abend vergangen. Sie wird sich morgen damit entschuldigen, sie habe plötzlich unerträgliche Kopfschmerzen bekommen. Sie muß jetzt allein sein.

Peter Michelsen schaut sich immer noch suchend nach ihr um, als der Chief wieder in den Saal kommt.

„Haben Sie Frau Schultze gesehen?" fragt er ihn, obgleich es ihm eigentlich widerstrebt.

„Nein, aber vor einer Weile hatte sie eine heftige Auseinandersetzung mit einem Herrn, wie mir schien. Danach habe ich sie nicht mehr gesehen. Aber sie kommt sicher gleich wieder. Ich möchte Sie inzwischen mit unseren Rocksängerinnen bekannt machen!" sagt der Chief mit unschuldigem Augenaufschlag und schiebt ihn zu einem Tisch in der Nähe der Tanzfläche.

Es dauert nicht lange, da hat Peter Michelsen Feuer gefangen. Für den Rest der Nacht ist er gut untergebracht.

7

Um sieben Uhr früh am nächsten Tag macht die *Aurora* im Hafen von Fortaleza fest. Einen ganzen Tag lang haben sie Zeit, die herrlichen Strände zu genießen und durch die Straßen der Stadt zu bummeln. Sogar die Schwestern Eulenhagen schließen sich dem Stadtrundgang an, denn der Prospekt verheißt verlockende Einkaufsmöglichkeiten und die besten Hummer Brasiliens.

Da der Andrang groß ist, bilden sie mehrere Gruppen. Am Vormittag ist die Besichtigung eines Museums und des Touristencenters im alten Gefängnis geplant; der Nachmittag steht zur freien Verfügung und wird von den meisten für einen ausgiebigen Strandbesuch genutzt.

Noch nie hat es Mischa so schwer gehabt, ihre Schäfchen zusammenzuhalten. Immer wieder schwärmen sie aus, verschwinden hinter den Türen von Boutiquen und Souvenirläden, rennen vor und zurück, in Seitengassen und Innenhöfe, und Mischa wünscht sich in diesem Augenblick nichts so sehnlich wie eine Trillerpfeife. „Schlimmer als ein Kindergarten", stöhnt sie. „Mister Baker, haben Sie nicht die Damen Eulenhagen gesehen?"

Baker junior ist gerade mal wieder in den Anblick vertieft,

den Line Brinkmanns aufregendes Dekolleté bietet, er hat keine Ahnung. Aber der junge Wolters, siebzehnjährig und ebenfalls ständig hinter Line Brinkmann her wie ein Jagdhund auf der Hasenfährte, hat gesehen, wie die beiden alten Damen ein Schuhgeschäft betraten.

„Seien Sie nett und holen Sie sie her", bittet Mischa, „ich suche inzwischen die Schwestern Schmidt."

Warum zum Teufel können sie ihre Einkäufe nicht später erledigen, wenn der offizielle Rundgang beendet ist! Mischa überlegt, ob sie nicht einfach mal auf zwei Fingern pfeifen soll.

Doch noch ehe sie zu einem Entschluß kommt, übertönt ein schriller Schrei den fröhlichen Lärm der Straße. War das nicht Lotte Eulenhagen? Alarmiert läuft Mischa in die Richtung, in die der junge Wolters entschwunden ist. Fast prallt sie mit ihm zusammen, als sie in die Seitengasse einbiegt.

„Man hat ihr die Schmuckkassette geklaut!" keucht der Junge. „Ich hab's genau gesehen, da läuft er! Kommen Sie!"

Zu zweit rennen sie hinter dem Dieb her, die Straße hinauf, die nächste hinunter, dann links, dann wieder rechts. Wolters ist ein guter Läufer, in einem Torbogen stellt er den jugendlichen Missetäter und reißt ihm Lotte Eulenhagens kostbares Samtkästchen aus der Hand.

Leider hat er nicht mit den Einheimischen gerechnet, die nun ihn für den Dieb halten und ihn mit wüsten Beschimpfungen verfolgen. Der kleine Brasilianer tut das seine dazu und schreit, man habe ihn bestohlen.

Nach Atem ringend erreicht Mischa die Stätte des Geschehens und versucht dem jungen Wolters zu Hilfe zu kommen. Aber ihre Proteste lösen nur noch wilderes Geschrei bei den Einheimischen aus. Hält man sie für eine Komplizin? Der Dieb heult jämmerlich und hört nicht auf zu beteuern, die beiden Fremden hätten ihn bestohlen, ja sogar geschlagen! Seine Phantasie kommt allmählich in Fahrt und bringt immer neue Details zutage.

Dickbusige Frauen trösten ihn überschwenglich und rücken bedrohlich näher. Es hagelt Knüffe und Beschimpfungen, Mischa und der junge Wolters sehen ein Dutzend geballter Fäuste auf sich zukommen. Man schreit nach der Polizei.

„Ja, Polizei, Polizei!" schreit nun auch Mischa und sieht sich verzweifelt um.

Das Auge des Gesetzes läßt nicht lange auf sich warten. Auf schweren Motorrädern rücken sie heran, von Kopf bis Fuß strenge Dienstlichkeit, sogar die Blicke sind uniformiert.

„Den Paß!" fordern sie drohend.

„Verdammt", keucht Mischa. „Haben Sie Ihren Paß dabei?"

„Meine Mutter hat ihn in ihrer Handtasche", gesteht Wolters junior wütend.

„Und meiner ist in meiner Handtasche. Nur, die habe ich nicht bei mir, ich habe sie in der Eile Line Brinkmann in die Hand gedrückt, um schneller laufen zu können."

„Paß! Passport!" sagt der Polizist und winkt ungeduldig mit der Hand.

Mischa versucht, ihm die Zusammenhänge zu erklären.

„Mitkommen!" befiehlt der Polizist ohne Umstände und macht eine unmißverständliche Handbewegung.

„Halten Sie bloß das Schmuckkästchen fest!" zischt Mischa.

Eingerahmt von den Polizisten marschieren sie zur Wache. Die wütenden Frauen marschieren mit, der wirkliche Dieb nimmt die gute Gelegenheit wahr, sich zu verdrücken. Mit jedem Meter vergrößert sich die Menge, ein richtiges Volksfest bahnt sich an, man fragt, gibt die Geschichte mit immer neuen Ausschmückungen weiter, teils kocht der Volkszorn, teils weicht er einer jubelnden Hochstimmung, daß man die Gangster auf frischer Tat ertappt hat.

Nach der dritten Straßenkreuzung haben Mischa und Wolters sich bereits zu international gesuchten Juwelendieben gemausert, und nach der vierten gehören sie einem gefürchteten Mafiaring an.

Wieder und wieder versucht Mischa den Polizisten klarzumachen, daß sie Passagiere der *Aurora* und selbst die Bestohlenen sind. Wer keinen Paß bei sich hat, der ist auch nicht glaubwürdig, also braucht man ihm nicht zuzuhören. Zudem sehen die beiden nicht sehr vertrauenswürdig aus, befinden die Hüter des Gesetzes. Die Kleidung klebt ihnen am Körper und ist schmutzig, kein Wunder, nach dem engen Kontakt mit ihren Verfolgern. Die Gesichter sind schweißnaß und verschmiert, die Haare hängen wirr in die Stirn. Mischa ist ein Knopf von der Bluse geplatzt, und sie hat den Absatz ihres linken Schuhs verloren. Die Jeans von Wolters junior sind sowieso nicht mehr taufrisch.

„Abwarten und Tee trinken", murmelt Mischa erschöpft, „es muß sich alles aufklären."

Auf der Polizeiwache sitzt ein dickbäuchiger Beamter und verfolgt den Flug einer Fliege, die gegen die Scheibe taumelt. Dabei bohrt er hingebungsvoll in der Nase.

Die beiden Polizisten schieben Mischa und Wolters junior in die Mitte des Raumes und erstatten Bericht. Hinter ihnen drängt sich die Menge der Neugierigen und der angeblichen Zeugen. Im Nu ist der Raum zum Bersten überfüllt.

„Passport!" näselt der Beamte und streckt ohne hinzuschauen die Hand in Mischas Richtung.

Mischa zwingt sich zur Ruhe und beginnt die ganze Geschichte noch einmal zu erzählen.

„Passport!" sagt der Beamte ungerührt, als wäre er taub.

„Holen Sie einen Offizier von der *Aurora*!" schreit Mischa, nun schon weniger ruhig. „Der wird alles aufklären!"

Das Telefon klingelt, und der Beamte beginnt ein längeres Gespräch, in dem es in erster Linie um das Fußballspiel des letzten Sonnabends geht. Dann erkundigt er sich umständlich nach dem Befinden der offensichtlich sehr zahlreichen Verwandtschaft des Anrufers.

„Verlieren Sie nicht die Nerven, Wolters", seufzt Mischa, „ohne uns fährt die *Aurora* nicht ab."

„Ich habe Hunger, und ich muß dringend mal pinkeln", antwortet Wolters Junior düster. „Glauben Sie, daß es noch lange dauert?"

„Nicht länger als bis heute abend", tröstet ihn Mischa.

Endlich scheint der Beamte bereit, den beiden Delinquenten zuliebe ein Telefongespräch mit seinem Vorgesetzten zu führen. Mischa atmet auf, doch zu früh. Der Vorgesetzte ist nicht zu erreichen. Und eine Telefonverbindung mit dem Schiff läßt sich erst recht nicht herstellen. Außerdem ist jetzt Mittag, und der Beamte möchte zum Essen gehen; er wird sich seine Siesta nicht durch zwei verrückte Europäer ohne Pässe verderben lassen. Die kann man so lange einschließen. Am Nachmittag sieht man dann weiter.

Der Beamte läßt Mischa und Wolters abführen. Die Menge zerstreut sich murrend, man hat mehr von diesem Schauspiel erwartet und fühlt sich um den Höhepunkt der Show betrogen.

„Ich hab schon mal schöner gewohnt", stöhnt Mischa und schluckt ihren Ekel vor der dumpfen, von Ungeziefer wimmelnden Arrestzelle hinunter.

Die beiden Schwestern Eulenhagen sind aufs Schiff zurückgekehrt und haben Bericht erstattet. Auch die anderen sind – nun führerlos – heimgekommen, in der Hoffnung, auf der *Aurora* die verlorengegangene Frau Schultze und den jungen Wolters zu finden. Line Brinkmann hat Mischas Handtasche in der Zahlmeisterei abgegeben und ihrerseits den Vorfall geschildert. Jetzt telefoniert man in der Stadt herum, um die Verschollenen ausfindig zu machen.

Mutter Wolters ist einer Ohnmacht nahe und sieht ihren Sohn in den Händen von Kidnappern. Vater Wolters hört nicht auf den Heldenmut seines Sprößlings zu preisen und überschlägt in Gedanken, wieviel der Schmuck der Eulenhagen wohl wert sei, und wie hoch die Belohnung bei Wiederbeschaffung ausfallen müsse.

„Ich fahre los und klappere sämtliche Polizeistellen ab", sagt schließlich der Chief, als nach vier Stunden immer noch keine Nachricht von den Verschwundenen da ist. „Geben Sie mir die Handtasche von Frau Schultze, Fehling. Und Sie, Frau Wolters, bitte den Paß Ihres Sohnes. Sobald ich etwas weiß, gebe ich Ihnen Bescheid."

Es dauert ziemlich lange, bis der Chief die kleine Polizeidienststelle ausfindig gemacht hat, in der die beiden festsitzen. Er kommt genau in dem Moment, in dem Mischa die Nerven verliert und mit einer Kaskade von Beschimpfungen in Portugiesisch und Spanisch, unter Zuhilfenahme einiger besonders farbiger italienischer Kraftausdrücke, auf den dicken Beamten losgeht. Wie eine Furie steht sie vor ihm und schreit ihn an, so daß er bei jedem Satz ein bißchen kleiner wird.

Als sie endlich gezwungen ist, Luft zu holen, fällt ihr Blick auf die Tür. Da steht der Chief, gemächlich an den Türrahmen gelehnt, die Arme verschränkt, und sieht ihr zu. Mischa verschlägt es die Sprache, wie er da grinsend in aller Ruhe das Ende ihres Ausbruchs abwartet. Aber sie ist so erleichtert, endlich aus der mißlichen Lage befreit zu werden, daß sie darauf verzichtet, nun auch noch ihn zu beschimpfen.

Es dauert noch eine Weile, bis die Angelegenheit völlig

geklärt ist. Immerhin zeigt sich der Dicke verhandlungsbereit, offenbar ist er nicht scharf darauf, Mischa noch länger zu beherbergen. Lotte Eulenhagen wird geholt, und mit zahlreichen Entschuldigungen und Beteuerungen des tiefen Bedauerns entläßt man die Gefangenen.

Mutter Wolters schließt schluchzend ihren Sohn in die Arme, und Lotte Eulenhagen, das samtene Schmuckkästchen wie immer mit der Linken fest an sich gepreßt, läßt Mischas Hand nicht mehr los, bis sie auf dem Schiff sind.

„Kann ich irgend was für Sie tun, Engelchen?" fragt der Chief, als sie an Bord gehen.

„Wenn ich ehrlich sein soll, ja. Nach der Aufregung würde ich furchtbar gern an den Strand fahren und schwimmen gehen. Allerdings brauche ich erst mal was zu essen."

„Okay, ich fahre Sie rüber, der Mietwagen steht noch unten. In einer halben Stunde?"

„Wir treffen uns unten am Auto."

Auf der Fahrt erzählt Mischa das Erlebnis noch einmal. Sie malt ihren Aufenthalt in der Arrestzelle in glühenden Farben aus und berichtet kichernd von dem Leiden des jungen Wolters. „Den Rest haben Sie ja erlebt. Ich war ganz schön sauer, als ich Sie da stehen sah, das kann ich Ihnen sagen. Warum haben Sie nicht eher eingegriffen?"

„Ich war fasziniert. Fasziniert davon, wie aus so einem hübschen Mund ein solcher Haufen hundsgemeiner Schimpfworte kommen kann. Es war wie eine Offenbarung."

„Sie machen sich über mich lustig."

„Wie könnte ich!"

Wenn er lacht, ist es Mischa, als zöge ihr jemand den Boden unter den Füßen weg, ihre Knie scheinen aus Pudding zu bestehen. Nur gut, daß sie sitzt. Wie schön seine Hände sind. Und wie sicher er dieses Monstrum von Benzinschlucker durch das

Gewimmel der Straßen lenkt. Am liebsten würde sie sich an seine Schulter lehnen und die Augen schließen.

Der Strand kommt in jeder Weise der Verpflichtung nach, dem Prospekt zu gleichen. Ein leiser Wind fächelt die Palmenblätter, und das Wasser ist so blau wie der Sand weiß. Mischa springt aus dem Wagen und streift die Sandalen ab. Trotz der späten Stunde ist der Sand noch warm.

„Herrlich! Na los, kommen Sie, wer zuerst im Wasser ist!" Mischa dreht sich übermütig in ein paar Sambaschritten um sich selbst und streift ihr Kleid ab, unter dem sie den Bikini trägt. Ihre Haut glänzt wie Gold in der Abendsonne.

„Ich komme nicht mit. Wann soll ich Sie abholen?" fragt der Chief steif und macht ein Gesicht, das von unsichtbaren Eiszapfen gespickt ist. Mischa ist so fassungslos, daß sie nicht weiß, was sie sagen soll.

„O ... hm, na ja ... macht es Ihnen was aus, eine Viertelstunde auf mich zu warten? Ich bin gleich zurück."

„In einer Viertelstunde, okay. Und seien Sie vorsichtig!" Der Chief dreht sich abrupt um und stiefelt davon.

Durch seine kalte Abweisung ist Mischa der ganze Spaß am Schwimmen verdorben. Sie läßt sich eine Weile von den Wellen treiben und starrt in den Himmel, krault lustlos ein paar Meter hin und her, aber ihre Gedanken sind bei Tom, dem großen Häuptling, der es immer wieder fertigbringt, ihr eine kalte Dusche zu verpassen, wenn eine Spur von Wärme und Nähe zwischen ihnen aufkommt. Hat sie ihn beleidigt? Hat sie etwas Dummes gesagt? Nichts dergleichen. Er hat ihr ganz einfach zu verstehen gegeben, daß er nichts mit ihr zu tun haben will.

Mischa kommt aus dem Wasser und beginnt sich abzutrocknen. Der Chief steht mit dem Rücken zu ihr ans Auto gelehnt und studiert den Stadtplan, als wolle er ihn auswendig lernen.

„Fertig!" Mischa läßt sich auf den Beifahrersitz fallen.

„War's schön?" fragt er.

„Sehr schön!" knurrt Mischa. Weiter sagt sie kein Wort, bis sie am Kai vor der *Aurora* halten.

„Danke schön, Tom." Jetzt hat sie die gleiche kühl-abweisende Art wie er. „War nett, daß Sie für mich den Chauffeur gespielt haben. Wirklich."

Am Abend pilgert die Reisegesellschaft der *Aurora* zum Fischereihafen hinüber, um die Jangadas, die Fischerboote, bei der Heimkehr zu beobachten. Während sich die Gäste der *Aurora* um die Fischer scharen und ihren Fang begutachten, hat sich Mischa von den anderen zurückgezogen. Sie sitzt auf einem umgekippten Kahn, die Beine angezogen, die Arme um die Knie gelegt, und genießt das Schauspiel der dümpelnden Boote im Wasser, über das die untergehende Sonne einen Teppich aus rotgoldenen Lichtern breitet. Ein wenig entfernt schart sich die Familie Hübscher um irgend etwas, das sowohl ihre Neugier als auch ihren Abscheu erregt. Mit spitzen kleinen Schreien tänzeln die beiden Mädchen um das Seeungeheuer.

Weiter unten am Strand sitzen Line Brinkmann und Wolters junior, er hat seine Jacke unter sie gebreitet und beschreibt in glühenden Farben, wie er den Dieb verfolgt und endlich in der Toreinfahrt gestellt hat, um ihn zu überwältigen. Mischa kann nicht hören, was er sagt, aber seine Gesten sprechen Bände.

Die Dunkelheit kommt schnell. In der Stadt und im Hafen flammen die ersten Lichter auf. Langsam leert sich der Strand, die Passagiere der *Aurora* zerstreuen sich; sie suchen eines der kleinen Hafenlokale auf, um den vielgerühmten Hummer zu probieren, oder kehren aufs Schiff zurück.

„Wollen Sie noch hierbleiben?"

Mischa schreckt aus ihren Träumen auf. Der Chief steht vor ihr und sieht sie an.

„Nein, nein, ich weiß es wird Zeit, ich muß mich um meine Leute kümmern", stottert Mischa und springt auf. Das Boot unter ihr rutscht unter der heftigen Bewegung ein wenig zur Seite, und Mischa kämpft um ihr Gleichgewicht. Der Chief streckt die Hände nach ihr aus und fängt sie auf.

Mischa ist, als schösse ein Strom glühender Lava in ihr hoch. Sie wagt kaum zu atmen. Der Chief hält sie fest, nur ein paar Sekunden länger, als es nötig ist, dann gleitet sie langsam an ihm hinunter. Ganz leicht, wie aus Versehen, berühren seine Lippen ihr Gesicht, und sie spürt, daß er zittert. Endlich läßt er sie los, dreht sich um und geht davon. Läßt sie einfach stehen.

Mischa wendet sich ab, wirft sich über das Boot und preßt ihr glühendes Gesicht auf das rauhe Holz. Mit den Fäusten trommelt sie auf die rissigen Planken. Nein, nicht, verdammt noch mal, Mischa, nein! dröhnt es in ihrem Kopf. Jetzt reiß dich zusammen! Aber sie kann nicht verhindern, daß jede Faser ihres Herzens, ihres Körpers nach ihm verlangt, ihn will, daß sie glaubt, unter diesem Druck zerspringen zu müssen.

Eine Weile wartet sie regungslos in der Hoffnung, daß er zurückkommen, sie noch einmal in die Arme nehmen wird. Dann wandert sie langsam zum Schiff hinüber.

Der Chief läßt sich den ganzen Abend nicht mehr blicken.

Die *Aurora* hat einen Tag lang in Belém vor Anker gelegen. Nun sind sie auf dem Weg zur Teufelsinsel.

Die Tage auf See bedeuten für Mischa eine Erholung nach jedem Landausflug, hier können ihr ihre Schäfchen wenigstens nicht entkommen. Zudem hat man sich eingerichtet, hat Freunde gefunden, fühlt sich auf der *Aurora* zu Hause, es gibt weniger Fragen, weniger Wünsche, jeder kennt sich nun aus und amüsiert sich auf seine Weise.

Peter Michelsen hat eine neue Vollbeschäftigung in Gestalt

der schönen Inez gefunden, eines brasilianischen Showstars mit üppigem Busen, die ein wenig an eine Weihnachtsgeschenkpackung im Winterschlußverkauf erinnert. Immerhin besitzt sie ein umwerfendes Temperament, und ihre Stimme hat ein Timbre, bei dem nicht nur Peter Michelsen rote Ohren bekommt.

Mischa ist mit der Entwicklung der Dinge vollauf zufrieden und der Chief scheint es auch zu sein, denn er umkreist sie bei abendlichen Gesprächen an der Reling nicht mehr mit Argusaugen.

Mischa wirft einen Blick auf das Veranda-Deck und schaut schnell noch mal in ihr Büro. „Ich gehe auf einen Sprung zu der kleinen Susanne, falls man mich sucht!" sagt sie zu Inge.

„Okay." Inge guckt mit dem Ausdruck seliger Entrücktheit Löcher in die Luft; es scheint doch was Ernsteres zu werden mit dem Freiburger Anwalt.

Auf dem Weg zu Susannes Kabine sieht Mischa, wie zwei Gestalten aus einer Tür huschen. Zwei der Showgirls kommen kichernd heraus und rennen in die andere Richtung davon. Ist das nicht die Kabine von Mister Pennymaker? Mischa pfeift durch die Zähne. So sieht das also mit dem Mittagsschlaf aus. Wenn das die Schwestern wüßten!

Mischa betritt die Kabine der kleinen Susanne und wird mit überschwenglichem Jubel begrüßt. Auf dem Bett liegt bereits ein Stapel Bücher bereit.

„Du glaubst doch nicht im Ernst, daß ich dir die alle vorlesen kann?" meint Mischa lachend. „So viel Zeit habe ich leider nicht. Also such dir eins aus."

Susanne zieht mit sicherem Griff ein Pferdebuch aus dem Stapel hervor und reicht es Mischa.

Mischa beginnt vorzulesen.

Draußen auf dem Gang hört man hastige Schritte und Flüstern. Jemand verschwindet hinter einer Tür und kommt gleich darauf wieder heraus. Mischa nimmt es nur halb wahr, sie beginnt gerade eine ganz tolle Ponygeschichte.

Wieder kommen hastige Schritte, diesmal sind die schweren Schritte eines Mannes dabei.

Eine ganze Weile ist vergangen, da klopft es an die Tür. Jutta steckt den Kopf herein. Sie wirkt verstört. „Könntest du mal rauf ins Büro kommen, Mischa?"

Mischa redet Susanne gut zu, die überhaupt nicht einsehen will, daß die Vorlesestunde schon beendet ist, und verspricht, ihr den Kabinensteward zu schicken. Dann läuft sie Jutta nach. „Was ist denn los? Du siehst aus, als sei dir ein Geist begegnet!"

„Nicht hier!" flüstert Jutta geheimnisvoll und legt den Finger auf den Mund. Erst als sie im Büro sind und sie sich vergewissert hat, daß niemand außer ihnen anwesend ist, rückt sie mit der Sprache heraus. „Es ist was passiert. Mister Pennymaker ... er ist tot. Herzschlag. Aber sag es um Himmels willen niemandem sonst! Ich habe es durch Zufall mitgehört, als Dr. Borchert mit den beiden Schwestern zum Chief Purser kam. Sie wollen nicht, daß es jemand erfährt!"

„Entschuldige, Jutta, aber ich habe zufällig den Grund für Mister Pennymakers Herzversagen aus seiner Kabine kommen sehen. Der alte Herr hatte sich wohl etwas zuviel vorgenommen. Nicht böse sein, wenn ich nicht so furchtbar traurig bin. Der Arme."

Juttas Augen weiten sich entsetzt. „Du meinst wirklich?"

„Nun, es ist zumindest denkbar. Aber das kann uns ja egal sein, nicht wahr? So was soll schon bei gekrönten Häuptern vorgekommen sein. Für Mister Pennymaker war's sicher ein schöner Tod. Und was soll nun werden?"

„Die Schwestern Pennymaker möchten, daß er auf See bestattet wird. Mitten in der Nacht, niemand soll dabei sein außer der Crew, und keiner soll's erfahren!"

„Eine Bestattung auf See – so etwas wollte ich schon immer mal erleben", sagt Mischa nachdenklich. „Es muß ein sehr eindrucksvolles Erlebnis sein."

„Leider wirst du darauf verzichten müssen, denn Familie Pennymaker ist da ganz eisern: Keine Frauen dabei, hieß es. Und erst der Chief Purser – bei dem beißt du auf Granit, und wenn du noch so sehr bittest."

„Das werden wir sehen. Versuchen will ich es auf jeden Fall."

Aber Mischa hat Pech.

Schon die Tatsache, daß Jutta geplaudert hat, ärgert den Chief Purser. „Waschweib! Konnte die nicht ihren Mund halten?"

„Aber entschuldigen Sie, Tom", sagt Mischa mit Samtpfötchenstimme, „sie hat vermutlich geglaubt, ich als Reiseleiterin hätte es wissen sollen. Schon um den Schwestern Pennymaker gegenüber keine Taktlosigkeit zu begehen."

„Erstens hätten Sie sie nicht begangen, weil Ihnen so was nicht liegt, und zweitens hätte ich Sie schon informiert. Morgen früh. Also – wenn jemand fragt: Mister Pennymaker fühlt sich nicht wohl und bleibt in seiner Kabine. Und er möchte auch keinen Besuch empfangen."

„Alles klar. Aber", sagt Mischa sanft, „ich möchte so gern die Bestattung miterleben. Ich habe so etwas noch nie gesehen."

„Dann werden Sie sich bis zur nächsten Bestattung auf See gedulden müssen. Die Schwestern Pennymaker wollen keine Zuschauer. Und damit wir uns richtig verstehen: Das ist ein Befehl, Frau Schultze."

„Ja", erwidert Mischa steif und verläßt das Büro des Chiefs. Sie ist wütend. Aber so schnell läßt sie sich nicht von etwas abbringen, das sie sich in den Kopf gesetzt hat. Ganz beiläufig erkundigt sie sich bei Decksteward Wormser nach seinen vielen Seefahrererlebnissen, und ob er auch schon eine Bestattung auf See mitgemacht habe? Und wie wird …? Natürlich, am Heck, ist ja logisch. Geduldig hört sie sich Wormsers Seefahrererinnerungen an.

„Wann soll das geheimnisvolle Ereignis denn stattfinden?" erkundigt sich Mischa später bei Jutta.

„Zwischen drei und halb vier Uhr nachts, wenn alles schläft und es ganz dunkel ist. Du willst doch nicht ..."

„Nein, nein, ich hab bloß so aus Neugierde gefragt", beruhigt Mischa sie.

Unauffällig sondiert Mischa das Terrain. Ganz in der Nähe der Stelle, an der die sterblichen Überreste des liebestollen Mister Pennymaker dem Meer übergeben werden sollen, befindet sich eines der Rettungsboote. Das ist die Lösung. Wenn es Mischa gelingt, sich rechtzeitig in dem Boot zu verstecken, kann sie die Zeremonie beobachten, ohne selbst gesehen zu werden.

Um halb drei schleicht Mischa sich in Turnschuhen und Jeans in ihr Versteck. Immer wieder vergewissert sie sich auf dem Weg dorthin, daß niemand sie gesehen hat. Besonders bequem ist es nicht, regungslos auf dem harten Holz zu liegen, aber nun gibt es kein Zurück mehr.

Mischa hat an einer Stelle die Abdeckplane ein wenig angehoben, so daß sie durch einen schmalen Schlitz das Geschehen verfolgen kann.

Um drei Uhr gehen alle Lichter an Bord aus. Es ist stockdunkel. Eine schöne Bescherung, wenn das so bleibt, wird sie überhaupt nichts sehen können.

Zehn Minuten später nähert sich ein stummer Zug. Sie tragen ein paar Lampen mit sich, die gerade so viel Licht geben, daß die Männer, die den Körper des Toten tragen, ihren Weg erkennen. Mister Pennymakers Leichnam ist in etwas Sackähnliches eingewickelt und verschnürt wie ein Paket. Ob sie ihn mit Gewichten beschwert haben, damit er gleich versinkt? Er liegt auf einer

Bahre, die wie eine Rutsche aussieht, und wird von sechs Matrosen getragen. Dem toten Pennymaker folgt der Kapitän, dann kommen die zwei Schwestern und dahinter die Offiziere. Den Schluß bildet der Chief.

Mischa erschrickt, als er genau vor ihrer Nase stehenbleibt, und wagt kaum zu atmen. Die Matrosen setzen die vorderen Enden der Trage auf der Reling ab. Der Kapitän tritt heran und schlägt die Bibel auf. Jemand hebt eine Lampe und beleuchtet die Seite. Der Kapitän spricht ein Gebet. Die Offiziere bilden einen dichten Halbkreis um das Geschehen, so daß Mischa kaum etwas erkennen kann. Sie reckt den Hals und öffnet den Spalt eine winzige Spur mehr.

Jetzt salutieren sie. Die Bahre, die sich tatsächlich als Rutsche erweist, wird am hinteren Ende angehoben, und der tote Mister Pennymaker gleitet ins Wasser. Ein leises Aufklatschen, dann ist alles vorbei. Die Schwestern schluchzen in ihre Taschentücher, und der Kapitän schüttelt ihnen stumm die Hand.

In diesem Augenblick passiert es. Der Chief dreht sich um, als habe ihn etwas in den Nacken gestochen. Hat er Mischas Anwesenheit gespürt? Ihre Blicke treffen sich, sekundenlang starren sie sich in die Augen. Im fahlen Licht sieht Mischa, wie er blaß wird. Seine Augen verengen sich zu schmalen Schlitzen, er preßt die Lippen aufeinander.

O Gott! denkt sie. Jetzt gibt's einen großen Krach. Das hast du nun davon! Was tun? Am besten still liegenbleiben.

Der Chief hat sich abgewendet und folgt dem stummen Zug, der sich nun wieder in die andere Richtung bewegt. Aber gleich darauf kommt er zurück. „Kommen Sie da raus!" befiehlt er. Obgleich er sehr leise spricht, knallen die Worte ihr wie Peitschenhiebe um die Ohren.

Mischa – steif geworden von der unbequemen Lage – klettert mühsam aus dem Boot und plumpst wie ein Zementsack vor ihm auf den Boden. Er macht nicht die leisesten Anstalten, ihr zu helfen.

„Wie kommen Sie dazu, sich über mein Verbot hinwegzusetzen?" sagt er eisig. „Was fällt Ihnen eigentlich ein?"

„Ich weiß nicht", stottert Mischa. „Es tut mir leid."

„So, es tut Ihnen leid. Und damit glauben Sie, ist die Sache für Sie erledigt? Wir reden noch darüber. Kommen Sie morgen früh als erstes in mein Büro, verstanden?"

„Ja", haucht Mischa reuevoll. Jetzt begreift sie selbst nicht mehr, wie sie sich zu so einer Dummheit hat hinreißen lassen können.

Der Chief dreht sich um und stapft wütend davon. Sie hat ihn noch nie so zornig gesehen. Kleinlaut schleicht Mischa in ihre Kabine und kriecht ins Bett. Erst als die Sonne aufgeht, fällt sie in einen kurzen, unruhigen Schlaf.

Als sie das Büro des Chiefs Punkt acht Uhr betritt, sieht sie sofort, daß sich seine Laune nicht im mindesten gebessert hat. Außerdem ist er genauso übernächtigt wie sie.

„Ich warte immer noch auf eine plausible Erklärung", beginnt er. Seine Stimme klingt, als hätte er mit Salzsäure gegurgelt.

Mischa schluckt. Sie sieht blaß und hilflos aus wie ein kleines Mädchen, aber das beeindruckt ihn keineswegs.

„Es tut mir sehr leid", sagt sie leise, „ich verstehe jetzt selbst nicht mehr, wie ich das habe machen können! Ich bitte Sie in aller Form um Entschuldigung."

„Sie haben sich benommen wie eine Sechsjährige", knurrt der Chief. „Wir sind doch hier nicht im Kindergarten! Unbegreiflich! Gerade von Ihnen hätte ich so etwas nicht erwartet!"

„Wieso nicht von mir?" wagt Mischa zu fragen.

„Weil ich mich tatsächlich an den Gedanken gewöhnt hatte, Sie seien intelligent!" bellt der Chief höhnisch. „Aber ich sehe, ich habe mich getäuscht."

Mischa geht hinaus. In ihrer Kabine heult sie sich aus, und den ganzen Tag über ist sie ungewohnt blaß und still. Man schiebt es auf Überarbeitung und ist besonders nett zu ihr.

Gegen ein Uhr ankert die *Aurora* im Hafen der Teufelsinsel. Ein langer Spaziergang steht auf dem Programm. Das Klima ist hier aufgrund der ständigen Seebrise angenehmer als auf dem Festland. Die Reisegesellschaft ist überrascht, ein kleines Paradies vorzufinden. Grüne Hügel, Palmen, tropische Blumen in allen Farben – und nichts von der erwarteten Hölle, der Erinnerung an schmachtende Gefangene, nichts von Nervenkitzel und kaltem Schauder.

„Noch bis vor dem Zweiten Weltkrieg benutzten die Franzosen die Insel als Strafkolonie", weiß Max Lemberger zu berichten.

Mischa nimmt heute alles nur mit halbem Ohr auf. Die Farbenpracht um sie her läßt sie kalt, der Zauber der Landschaft erreicht sie nicht. Etwas in ihr ist gestorben, eine kleine Hoffnung, die sie ängstlich gehütet, von einem Tag zum anderen hinübergerettet hat. Das Schlimmste ist zu wissen, daß sie selbst schuld ist. Sie hat sich in Toms Augen unmöglich benommen, nun ist auch der letzte Rest Sympathie zwischen ihnen zum Teufel.

Sie ist froh, als der Rundgang beendet ist und sie aufs Schiff zurückkehren kann. Um sieben Uhr abends sticht die *Aurora* wieder in See. Die Passagiere rüsten sich für eine weitere festliche Nacht in den Salons und Bars, bei Kino, Spiel, Tanz oder einer Show.

Als Mischa in ihre Kabine kommt, findet sie auf ihrem Nachttisch ein kleines Kunstwerk der Konditorzunft vor, die *Aurora* in Marzipan und Schokolade. Ein Zettel liegt daneben. *Schönen Gruß von Bruno!* steht darauf. *Das habe ich für Sie gemacht!*

Mischa ist gerührt. Wie lieb von ihm. Das zierliche Schiff mit den Decks, Rettungsbooten und Schornsteinen muß ihn viel Mühe gekostet haben.

Warum stehen immer die falschen Leute auf mich, denkt sie seufzend. Der kleine Bruno, Fürst Igor, ein Dutzend Männer unter den Passagieren, sogar der Superflirter Georg Brunner hat es einmal versucht und nach der ersten Abfuhr wieder gelassen. Mister Pennymaker dort unten bei den Fischen nicht zu vergessen. Die Welt ist ungerecht.

„Geht es Ihnen nicht gut?" fragt Pieter Jong erschrocken, als er ihr bedrücktes Gesicht sieht.

„Doch, doch!" wehrt Mischa hastig ab. „Würden Sie mir einen Gefallen tun?"

„Jeden!" beteuert Pieter Jong.

„Geben Sie Bruno dieses Briefchen von mir, es ist ein Dankesgruß für das schöne Schokoladenschiff."

„Wird gemacht."

Am nächsten Tag steht auf Mischas Nachttisch ein Blumenstrauß.

„Wo kommt denn der her, Pieter?" fragt sie erstaunt, als sie nach dem Frühstück noch einmal in die Kabine kommt.

Pieter Jong schaut Mischa an.

„Von mir", sagt er lächelnd. „Ich wollte Ihnen eine kleine Freude machen."

„Wie lieb von Ihnen, Pieter! Ich habe gar nicht verdient, daß Sie mich so verwöhnen! Danke schön!"

Im Büro liegt eine Schachtel Pralinen auf ihrem Schreibtisch. *Eine kleine Stärkung für die strapazierten Nerven! Jan* steht auf dem Zettel, den Mischa daneben findet.

Inge kommt mit einer Tasse Kaffee.

„Nanu? Was ist los?" wundert sich Mischa. „Ich hab doch heute nicht Geburtstag?"

„Ich dachte, du siehst so blaß und überarbeitet aus – vielleicht tut es dir gut."

„Ich blaß, bei meiner schönen Sonnenbräune?" fragt Mischa verblüfft. „Na, jedenfalls vielen Dank, der Kaffee wird mir guttun."

Als sie vor dem Mittagessen an der Neptun-Bar vorbeikommt, winkt Barmixer Joe sie heran. „Haben Sie eine Minute Zeit? Wollte Ihnen nur was zu probieren geben – eine neue Schöpfung sozusagen."

„Hoffentlich nichts, was mich gleich umhaut!"

„Nein, nein, eine Komposition aus fünf verschiedenen Früchten und wenig Champagner. Ich habe sie *Engel-Spezial* genannt. Ihnen zu Ehren."

„Womit habe ich das verdient?"

„Sie müssen so schwer arbeiten, mehr als wir alle hier an Bord."

„Wie kommen Sie denn darauf?"

„Man hat ja Augen im Kopf", wehrt Joe verlegen ab. „Bitte sehr."

Während sie sich unterhalten haben, sind seine Hände wie die eines Schlagzeugers hierhin und dorthin gewirbelt, haben gemischt, abgemessen, gepreßt, gerührt, geschüttelt – nun steht ein hohes Glas vor Mischa, in dem es in allen Regenbogenfarben schimmert. Dunkelrote Kirschen, grüne Kiwi, Orange und Ananas erkennt sie und die Scheibe eines Granatapfels.

„Es schmeckt wunderbar, Joe! Vielen Dank, daß Sie mir diesen Cocktail gewidmet haben! Den müssen Sie heute ganz groß rausbringen. Und am Schluß der Reise geben Sie mir das Rezept, einverstanden? Oder ist es ein Geheimnis?"

„Nicht für Sie. Ich schreibe es Ihnen auf."

Als Mischa die Bar verläßt, stößt sie in der Tür mit dem Chief zusammen. Mischa erschrickt. Hoffentlich denkt er nicht gleich, sie hielte hier am hellen Vormittag heimliche Gelage ab!

„Joe hat mich zu sich gerufen, um seinen neuen Drink zu probieren", sagt sie hastig. „Er hat ihn mir zu Ehren komponiert, einen *Engel-Spezial,* da konnte ich doch nicht ablehnen. Es ist fast kein Alkohol drin!"

„War er gelungen?" fragt der Chief lächelnd.

„Sehr gelungen. Viel Frucht und wenig Alkohol."

„Hört sich gut an. Muß ich auch probieren bei Gelegenheit." Er nickt Joe zu, und die Männer tauschen einen schnellen Blick, dessen Bedeutung Mischa sich nicht erklären kann.

Um ein Uhr macht die *Aurora* im Hafen von Bridgetown, der Hauptstadt von Barbados, fest. Mischa versammelt ihre Schützlinge zu einer Rundfahrt über die Insel. Alles reckt schon jetzt die Hälse, um einen ersten Eindruck von „Klein England" zu erhaschen, denn Barbados soll englischer als das Mutterland sein.

„Bitte mal herhören, meine Herrschaften!" ruft Mischa in das Gedränge. „Alle drei Busse fahren die gleiche Route. Es ist also egal, wo Sie einsteigen. Wir besichtigen zunächst Bridgetown und fahren dann um die Insel. Bademöglichkeit ist anschließend an die Rundfahrt gegeben, wir werden einen Zubringer zum Strand zur Verfügung stellen. Der Rest des Nachmittags steht Ihnen zur freien Verfügung. Abfahrt der *Aurora* heute abend zwanzig Uhr. Bitte nicht vergessen! Zwanzig Uhr! Wer dann nicht auf dem Schiff ist, muß hierbleiben."

„O ja", seufzt Line Brinkmann und schaut Wolters junior tief in die Augen. „Für immer."

Mischa geht den Landausflüglern voraus die Gangway hinunter und beaufsichtigt das Einsteigen in die Busse.

„Super machst du das!" sagt plötzlich jemand hinter ihr lachend. Ungläubig dreht sie sich um.

„Veruschka! Das ist doch nicht möglich! Was machst du auf Barbados?"

„Fotos, was sonst! Ich fotografiere Strandmoden. Habe mich bei deinem Vater erkundigt, wann euer Schiff hier festmacht, und meine Reise extra so gelegt, daß ich dich hier treffen konnte. Na, wie geht's denn so mit dem neuen Job?"

„Was den Job betrifft, gut, ich komme ganz gut zurecht. Bitte, meine Herrschaften, der erste Bus ist belegt, kommen Sie hier herüber! Du – ich muß mich um meine Leute kümmern, können wir uns später irgendwo treffen?"

„Klar. Ich mache inzwischen Aufnahmen. Meine Mädchen sitzen da drüben in dem Café. Treffen wir uns dort? Um fünf?"

„Ich werde da sein. Bis dann."

Als Mischa in den Bus steigt, wollen alle wissen, wer das hübsche Mädchen war. Sie haben Verwandte hier? Oder Freunde? Dann kennen Sie Barbados schon? Mischa muß nach allen Seiten erklären, daß es sich um eine Freundin handelt, Fotografin, die sie ganz zufällig hier getroffen hat. Das beschäftigt die Gemüter für eine Weile. Was die Zeitungen doch für Geld haben. Lassen Fotomodels nach Barbados fliegen, um ein paar Badeanzüge zu fotografieren. Als ob man das nicht im Atelier machen könnte – oder in Italien, da scheint um diese Jahreszeit auch die Sonne. Aber nein, Geld muß rausgeschmissen werden, und die Zeitschriften werden immer teurer.

„Was wollen Sie", lacht Herr Rahlff, „was sie für die Fotos zuviel ausgeben, das sparen sie am Stoff für die Bikinis!"

„Viele Fotomodelle sind heute doch farbig", wirft Frau Hübscher ein. „Und wir wundern uns dann, wenn uns dat Zeugs nich steht. Mit so schnuckelig brauner Haut, da sieht dat natürlich janz anders aus!"

An der braunen Haut wird's wohl weniger liegen als an den Pfunden, die man auf die Waage bringt, denkt Mischa. Hinter ihr dreht sich das Gespräch weiter um Mode einerseits und farbige Mädchen andererseits. Sie sind so beschäftigt, daß sie kaum Zeit haben, die Stadt mit ihren Sehenswürdigkeiten zu beachten.

Mischa genießt die Fahrt dafür um so mehr. Das unerwartete Auftauchen Veruschkas hat sie in Sonntagslaune versetzt. Und Bridgetown mit dem Flair einer englischen Kleinstadt gefällt ihr.

Nachdem die Lord-Nelson-Statue von allen Seiten bewundert und fotografiert worden ist, mit und ohne Familie davor, geht es hinaus aufs Land. Zwischen Mais und Zuckerrohrfeldern, an weiten Stränden entlang, denen Korallenriffe vorgelagert sind, schaukeln die Busse über die Insel.

Als sie dann nach Bridgetown zurückkehren, machen die Passagiere einen aufgekratzten Eindruck. Vielstimmiger Gesang dringt aus den Fenstern, Kreischen und Lachen steigern sich zu einem Orkan. Mischa ist froh, als sie die übermütige Bande, die kräftig Rum getankt hat, endlich los ist, die nun zum Strand strömt, um sich für den Rest des Tages Badefreuden hinzugeben.

Veruschka kommt zu spät, wie immer. Mischa bestellt einen Obstsaft und genießt die Ruhe, den Blick auf den Hafen, das fröhliche Gewimmel um sie herum, das sie ausnahmsweise mal nichts angeht.

„Ich bin doch nicht zu spät?" Veruschka, an jeder Schulter eine Kameratasche von mehreren Kilo Gewicht, kommt mit wehenden Haaren über die Straße gerannt und läßt sich aufatmend auf den Stuhl neben Mischa fallen. „Was trinkst du da? Sieht gut aus, ich möchte das Gleiche!"

„Irgendwas mit Orangen- und Ananassaft und Eis. Hat mir der Kellner empfohlen."

„Das Schnuckelhäschen mit den schönen schwarzen Augen da drüben? Sehr appetitanregend!" schnurrt Veruschka, wobei es ziemlich klar ist, daß sie den Kellner und nicht den Drink meint.

Veruschka reckt sich und wirft dem Kellner einen langen Blick zu. Dann zeigt sie auf Mischas Drink und auf sich. Der Kellner hat verstanden und kommt kurz darauf mit zwei gefüllten Gläsern zurück.

„Erzähle, warst du erfolgreich?"

„Ich denke schon. Phantastisch diese Farben, das Licht! Wenn du so aus unserem grauen Wetter kommst ... He! Wenn das kein Zufall ist! Schultze-Vestenberg junior! Ist der etwa auch auf deinem Schiff?"

Veruschka wartet die Antwort nicht ab. Sie springt auf und läuft auf die andere Straßenseite, wo sie den Chief entdeckt hat. Mischa fühlt ein Flattern in der Magengegend.

Veruschka hakt sich bei dem Chief ein und zieht ihn mit sich fort ins Café.

„Hallo", sagt der Chief und grinst ziemlich unverschämt.

„Woher kennt ihr euch?" fragt Mischa, zu Veruschka gewandt, verwirrt.

„Oh, ich war einmal eine ganze Woche im *Georgenhof* zu Gast, du weißt, das Hotel, das seinem Vater gehört. Modeaufnahmen in der herbstlichen Bergwelt – wie gehabt. Tom war gerade auf Urlaub und hat den Stylisten gespielt. Er hat mir die schönsten Motive gezeigt und mir unermüdlich bei der Beschaffung der tollsten Requisiten geholfen. Erzähle, Tom, wie geht es dem *Georgenhof*? Wo bist du inzwischen überall gewesen? Träumst du immer noch von einer Reise nach Nepal? Ach übrigens, hat man dir das Buch nachgeschickt, das du mir damals geliehen hast?" Die Fragen sprudeln nur so aus Veruschka heraus, von kleinen gurrenden Lachern begleitet. Sie läßt dem Chief gar keine Zeit zu antworten.

Aber es scheint ihm zu gefallen, denn er schaut höchst amüsiert auf das aparte Mädchen und würdigt Mischa keines Blickes.

Ich liebe meine Freundin Veruschka, denkt Mischa grimmig. Aber jetzt geht sie mir leider mächtig auf den Geist. Kann sie nicht einen Augenblick die Klappe halten? Warum muß sie alles sofort in Besitz nehmen! Dabei habe ich mich so auf das Wiedersehen mit ihr gefreut!

Veruschka und der Chief sind total in ein Gespräch vertieft. Sie kramen alte Erinnerungen aus, lachen über Mißgeschicke, die sich damals zugetragen haben, und sind ein Herz und eine Seele. Mischa fühlt sich höchst überflüssig. Noch nie hat sie den Chief in so übermütiger Laune gesehen. Veruschka scheint genau sein Typ zu sein, jedenfalls muß es ein Blinder sehen, daß er sich über das Wiedersehen ehrlich freut.

„Ja, ich muß jetzt gehen", sagt Mischa steif und steht auf. „Hat einer von euch den Kellner gesehen? Ich will zahlen."

„Was, jetzt schon? Ich dachte, du hättest ein bißchen Zeit", ruft Veruschka erstaunt.

„Ich muß noch ins Büro", wehrt Mischa ab.

„Na ja, wir sehen uns ja bald zu Hause wieder." Veruschka scheint es kein bißchen leid zu tun, daß sie schon geht, sie macht nicht den geringsten Versuch, Mischa zurückzuhalten.

„Wo ist bloß dieser blöde Kellner", sagt Mischa ungeduldig. Wenn sie jetzt nicht schleunigst verschwindet, fängt sie vor Wut an zu heulen, und den Gefallen will sie den beiden nicht tun.

„Lassen Sie, Engelchen, ich mache das schon!" Der Chief zieht Mischas Glas zu sich herüber. „Dafür trinke ich das hier aus. Bis später!"

„Ich geb's Ihnen dann nachher wieder. Ciao, Veruschka, viel Erfolg noch für deine Aufnahmen!"

„Ciao, Mischa! Wenn du zurückkommst, machen wir eine tolle Party und erzählen uns alles! Bis dann!" Veruschka küßt die Freundin flüchtig rechts und links und wendet sich sofort wieder dem Chief zu.

Mischa geht wütend davon. Auf dem Kai schaut sie sich noch einmal um. Die beiden stecken die Köpfe zusammen, reden und lachen. Mischa schluckt. So einer ist das also! Vielleicht sogar einer aus Veruschkas Sammlung. Wenn Veruschka ein Abenteuer hinter sich hat, ist sie oft auch danach noch dick befreundet mit ihrem Liebhaber, das weiß Mischa.

Als Mischa aus ihrem Büro kommt, sieht sie die beiden Arm in Arm den Kai herausschlendern. Mischa wendet sich schnell ab und läuft in ihre Kabine. Schluchzend wirft sie sich aufs Bett. Nach einer Weile kehren ihre Lebensgeister zurück. Nun erst recht! sagt sie sich und beginnt, sich mit aller Sorgfalt zurechtzumachen. Sollen die beiden ihr doch den Buckel runterrutschen! Sie wird sich heute abend von allen Männern umschwärmen lassen. Eine gute Therapie gegen Liebeskummer.

Auf dem Verandadeck begegnet sie dem Chief. „Warten Sie", sagt sie hastig. „Ich möchte Ihnen das Geld für den Drink wiedergeben!" Es klingt wie auf Stelzen.

Der Chief schaut sie einen Augenblick an, als habe er nicht richtig verstanden. „Quatsch!" sagt er kopfschüttelnd und läßt sie stehen.

In Mischa steigt eine unsagbare Wut hoch. Dabei weiß sie nicht einmal, auf wen. Auf den Chief? Auf sich selbst, weil sie ihm das Geld angeboten hat, nur um einen neuen Anknüpfungspunkt zu finden? Wo sie sich doch vor einer halben Stunde noch geschworen hat, er solle von nun an für sie Luft sein? Sie kennt sich selbst nicht wieder. Was ist bloß mit ihr los?

Leider ändern auch die bittersten Selbstbeschimpfungen nichts an der Tatsache, daß Mischa todunglücklich ist. Unglücklich verliebt, wie man es schlimmer nicht sein kann. Darüber kann sie sich nicht hinwegmogeln. Es fällt ihr schwer genug, ihren Seelensalat vor den allzeit auf Klatsch und Sensationen begierigen Augen der Reisegesellschaft zu verbergen.

Die stille, kluge Frau Prager ist es, die Mischas Zustand durchschaut. „Sie haben geweint, mein Kind? Kommen Sie, lassen Sie uns einen kleinen Spaziergang machen. Um diese Zeit setze ich mich gern oben auf dem Sonnendeck in einen Liegestuhl und schaue in den Sternenhimmel. Das gibt einem eine wunderbare innere Ruhe. Kommen Sie mit mir." Die zierliche alte Dame hängt sich bei Mischa ein und zieht sie sanft mit sich fort.

Auf dem Sonnendeck ist es leer, noch sind die meisten Passagiere im Speisesaal oder reservieren sich einen Platz für den Abend. Die Liebespaare kommen erst später, wenn die ersten Tänze vorüber sind.

„Setzen Sie sich, Liebes. Ist es nicht herrlich hier oben um diese Zeit?"

Mischa schluckt und schluckt an dem dicken Kloß in ihrer Kehle.

„Nun? Wollen Sie mir nicht sagen, was Sie so bedrückt? Sind Sie unglücklich mit Ihrer Aufgabe, Ihrer Arbeit? Oder hat sich jemand häßlich Ihnen gegenüber benommen?"

„Nein. Das ist es nicht." Mischas Stimme klingt zittrig. Sie ist froh, daß es hier oben so dunkel ist, und daß die alte Dame ihre Tränen nicht sehen kann.

Ruth Prager läßt ihr Zeit. Dann nimmt sie Mischas Hand und drückt sie aufmunternd.

Mischa versucht verzweifelt, ihrer Stimme einen gleichmütigen Klang zu geben. „Es ist ganz einfach. Ganz einfach und ganz furchtbar dumm. Ich liebe einen Mann, der mich nicht liebt!" Nun muß sie doch wieder heulen.

Hat sich da eben etwas bewegt? Nein, es war wohl nur das Knarren der Planken, wenn sich das Holz nach der Hitze des Tages wieder zusammenzieht. Mischa schaut sich vorsichtshalber um. In der Dunkelheit ist niemand zu erkennen. Das fehlte noch, daß jemand ihren Ausbruch mit anhörte und ihn hinterher unter seinen Bekannten lachend zum besten gäbe!

„Was ist daran so dumm?" fragt Frau Prager sanft. „Es ist schlimm, und es ist schön. Dumm ist es sicher nicht."

„Schön? Was soll daran schön sein!" stößt Mischa heraus.

„Es ist immer schön, zu lieben. Es ist schön, lieben zu können – auch wenn die Liebe vielleicht nicht die Erfüllung findet, die man sich wünscht. Auch Schmerzen gehören zum Leben. Sie sind sogar wichtig, wir würden ohne sie nicht wachsen, nicht reifen. Nun", unterbricht sie sich lächelnd und sucht in ihrem Abendtäschchen nach einem Taschentuch für Mischa, die herzzerreißend schluchzt, „ich weiß, daß man das in einem solchen Augenblick am allerwenigsten hören mag."

„Nein, nein, ich weiß schon, daß Sie recht haben. Ich bin wütend auf mich selber, daß ich mich so gehenlasse und daß mir das so zu schaffen macht. Was ist das schon Besonderes!" sagt Mischa bitter. „Anderen geht's auch nicht besser. Allein hier auf dem Schiff gibt es ein Dutzend unglücklich Verliebte. Also, was soll's!"

„Vielleicht kann Gott Amor nicht schwimmen?" meint Ruth Prager lächelnd. „Und er kann das Schiff nicht erreichen?"

„Wozu hat er denn seine Flügel!" sagt Mischa heftig und muß fast selber lachen. „Aber natürlich, mit den mickrigen Dingern ist eine Ozeanüberquerung wohl nicht zu schaffen."

„Ist es Ihr Freund Michelsen?" erkundigt sich Frau Prager nach einer Weile vorsichtig.

„Der? Um Himmels willen, nein! Peter Michelsen ist wie ein großer Bruder, ein guter Freund, um es mal so auszudrücken. Verlieben könnte ich mich in ihn nie, und das weiß er inzwischen auch. Peter – das ist die Sorte Mann, die einen mit ihrem Charme um den Finger wickelt, Männer, die immer wissen, wo man bei welcher Gelegenheit hingeht, die nie den falschen Wein zum Essen bestellen und einer Frau von den Augen ablesen können, was sie sich gerade wünscht. Super anpassungsfähig – und ganz und gar oberflächlich. Gebildet, ja – aber nur soweit, um mitreden zu können bei dem, was gerade in ist."

„Ich verstehe. Dann ist es also jemand, der zu Hause auf Sie warten sollte – und nun nicht mehr wartet?"

„Nein, nein ...", druckst Mischa. „Es ist schon jemand der hier auf dem Schiff ist. Nur ... er ist gebunden oder nun ja, er hat ein Mädchen, eine Frau, eine sehr hübsche sogar, zu Hause in Frankfurt. Ich habe sie selbst gesehen bei unserem Abflug. Es war ganz verrückt ... Wie soll ich das erklären, ich bin mit ihm zusammengestoßen, ich habe mich umgedreht, ihn gesehen und sofort gewußt: Das ist der Mann meines Lebens. Und dann habe ich die Frau gesehen. Sie hing an seinem Hals und hat geweint, und er hat sie getröstet. Und im gleichen Moment wußte ich, daß ich keine Chance habe und lieber gleich einen dicken Strich durch die ganze Sache mache. Das war ja auch alles okay, denn ich dachte, wir würden uns nie wiedersehen."

„Und dann?"

„Dann habe ich ihn gleich darauf wiedergesehen. Er flog in derselben Maschine. Und am nächsten Tag wieder. Am Strand in Rio." Mischa kichert. „Wir sind wieder zusammengestoßen – diesmal im Wasser. Und dann, als ich abends aufs Schiff kam, stand er auf einmal vor mir. Da fing das ganze Elend an. Ich weiß, was Sie sagen wollen. Ich hätte von Anfang an meine Gefühle für ihn besser beherrschen sollen. Es war nicht fair, zu hoffen, er könne sich in mich verlieben. Ich weiß es – Herrgottnochmal! Aber ich kann es nicht ändern!"

„Aber Liebes!" Ruth Prager legt begütigend die Hand auf Mischas Arm. „Bald werden Sie wieder zu Hause sein. Sie werden Ihr altes Leben führen – wie Sie es mir erzählt haben – bei Ihrem Vater und auf der Universität. Und nach ein paar Wochen wird das alles nur noch eine wehmütige Erinnerung sein. Sie werden neue Menschen kennenlernen, einen netten Mann, und eines Tages werden Sie über dies alles nur noch lachen."

„Ich werde nie mehr einen anderen lieben können!" seufzt Mischa verzweifelt. „Nie mehr, ich weiß es."

Hinter ihr entfernen sich Schritte. Jemand pfeift leise vor sich hin. Mischa erschrickt. Hat sie jemand belauscht? Sie dreht sich um und versucht in der Dunkelheit etwas zu erkennen. Aber sie sieht nur die Umrisse eines Mannes, der – die Hände in die Hosentaschen vergraben – davonschlendert.

„Meinen Sie, es hat uns jemand zugehört?" fragt sie beklommen.

„Das glaube ich nicht. Derjenige hat uns sicher hier sitzen sehen und ist deshalb umgekehrt. Na, kommen Sie, wir zwei werden jetzt einen Schluck Wein zusammen trinken, und dann sieht die Welt gleich wieder rosiger aus."

„Danke, daß Sie mir zugehört haben!" sagt Mischa und greift nach der Hand der alten Dame. Wie klein und schmal sie ist. Wie eine runzlige Kinderhand. „Es hat mir gutgetan, mit jemandem darüber zu sprechen. Jetzt fühle ich mich schon wesentlich besser!"

„Sehen Sie." Die alte Frau streicht Mischa übers Haar. „Wenn Sie wüßten, wie gut ich Sie verstehe. Das alles habe ich vor vielen Jahren auch einmal erlebt. Und Sie werden zugeben, daß es mich nicht umgebracht hat. Dies nicht, und vieles andere auch nicht. Ich habe so viel Grund, dankbar zu sein."

Ruth Prager steht auf, und Mischa schließt sie spontan in die Arme. Auf einmal schämt sie sich vor der alten Dame, die so ein schweres Schicksal überstanden und sich dabei so viel Menschlichkeit, Wärme und Humor bewahrt hat. Wie egoistisch ich bin, mit meinen blöden Sorgen – im Vergleich zu ihr! denkt Mischa. Ich muß versuchen, mehr an andere zu denken. Dann habe ich keine Zeit mehr, über meinen eigenen Kummer nachzugrübeln.

„Und jetzt sollten Sie sich einmal im Spiegel anschauen, bevor wir uns bei den anderen sehen lassen", sagt Ruth Prager lächelnd und wischt damit den letzten Rest von Sentimentalität fort. „Sie sehen aus wie ein kranker Uhu – mit all der verlaufenen Wimperntusche im Gesicht."

Als Mischa eine Viertelstunde später mit Frau Prager die Halle betritt, tanzt der Chief mit Amalie Eulenhagen. Er schwenkt sie so stürmisch herum, als sei sie ein junges Mädchen. Amalie Eulenhagen hat selig die Augen geschlossen, nur ab und zu schielt sie zu ihrer Schwester hinüber, die das Schmuckkästchen an sich drückt.

Mischa gibt es einen kleinen Stich. Ist es Veruschka, die ihn in so übermütige Laune versetzt hat?

„Kommen Sie, setzen wir uns zu Lotte Eulenhagen", sagt Ruth Prager. „Sie ist so allein."

Frau Prager bestellt Wein, und Mischa erkundigt sich liebenswürdig nach Lotte Eulenhagens Befinden.

Der Tanz ist zu Ende, und der Chief führt Amalie zu ihrem Platz zurück. Mit einer knappen Kopfbewegung grüßt er zu Frau Prager und Mischa hinüber.

„Ach, bleiben Sie doch noch einen Augenblick bei uns, Herr Schultze-Vestenberg! Nur auf ein Glas Wein!" flötet Amalie und betupft ihre geröteten Wangen. „Sie sind ein richtiger Drückeberger, wissen Sie das? Kann so gut tanzen, aber ist nie greifbar, wenn irgendwo Musik ertönt. Ein richtiger Drückeberger sind Sie!"

Der Chief hat sich Amalie Eulenhagen gegenüber niedergelassen und läßt sich von ihr ein Glas Wein einschenken. Aufmerksam hört er ihr zu, wie sie nun beginnt, von Bällen in ihrer Jugend zu erzählen. Keinen Blick hat er für die anderen. Seine

Augen bleiben andächtig auf Amalie gerichtet, jeden ihrer Sätze begleitet er mit zustimmendem Lächeln oder freundlichem Nicken.

Nur einmal schweift sein Blick ab. Er fällt auf den Tischschmuck aus tropischen Blumen. Lächelnd zieht er eine der leuchtend roten Blüten heraus und nimmt sie in die Hand.

Amalie redet und redet. Sie gerät immer mehr ins Schwärmen. Und der Chief hört ihr zu. Aber während er seine Aufmerksamkeit scheinbar der alten Dame zuwendet, beginnen seine Finger ganz zart über den Rand der Blütenblätter zu streicheln. Mischa sieht es, und ein Zittern geht durch ihren Körper. Das Blut schießt ihr in den Kopf, und ihr Herz beginnt wie rasend zu klopfen. Sie wirft einen hastigen Blick zu Ruth Prager hinüber, ob sie etwas gemerkt hat. Aber nein, sie unterhält sich mit Lotte Eulenhagen über die Wirksamkeit von Schlammpackungen bei Rheuma. Mischa will sich zwingen, den beiden zuzuhören, aber es gelingt ihr nicht. Wie von magischen Kräften gebannt, bleibt ihr Blick auf die Hände des Chiefs gerichtet, die nicht aufhören, unendlich behutsam die Blütenblätter zu streicheln. Mischa hört ihr Blut in den Ohren rauschen, ihr Körper scheint in Flammen aufgehen zu wollen. Es ist eine einzige Sehnsucht nach diesem Mann, nach seiner Nähe, seinem Mund, seinen Händen.

Ein winziger, verzweifelter Seufzer kommt über ihre halbgeöffneten Lippen. Nur der Chief hört ihn, die Damen plaudern weiter. Der Chief wirft Mischa einen Blick zu, der so schnell aufflammt und wieder erlischt wie ein Blitzlicht. Dann steht er auf und verbeugt sich höflich nach allen Seiten.

„Ja, meine Damen, ich muß jetzt gehen. Die Pflicht ruft."

Die alten Damen protestieren, aber es hilft nichts. Der Chief zieht sich zurück. Im Vorbeigehen läßt er scheinbar achtlos die Blüte fallen. Sie fällt in Mischas Schoß.

8

Am nächsten Morgen um sieben Uhr haben sie Martinique erreicht. Die *Aurora* geht in Fort de France vor Anker. Die Landausflügler rüsten sich für eine Fahrt nach St.-Pierre, der Stadt, die vor fast achtzig Jahren von einem Vulkanausbruch des Mont Pelée vernichtet wurde.

Die Gespräche im Bus drehen sich um Vulkanausbrüche und um jede Art von Katastrophen im allgemeinen und besonderen. Von dreißigtausend Einwohnern in St.-Pierre soll nur ein einziger mit dem Leben davongekommen sein. Ein Gefangener, der tief in einem unterirdischen Gefängnis eingeschlossen war. Der ist dann später im Zirkus aufgetreten und hat erzählt, wie er den Weltuntergang überlebt hat.

Einige von ihnen haben schon am Rande eines Vulkans gestanden und erzählen den staunenden Mitreisenden von ihren Erlebnissen. Von Vulkanausbrüchen kommt man auf Hotelbrände und von Hotelbränden auf den Untergang der *Titanic*. Wen wundert es, daß es bis zur möglichen Katastrophe auf der *Aurora* in den Köpfen der Ausflügler nicht mehr weit ist.

Die kleine Line Brinkmann schaudert und greift nach der Hand von Wolters junior. Dem kommt der Untergang der *Aurora* gerade recht, um Line eng an sich zu ziehen und sie zu beruhigen.

„Ich würde dich retten!" flüstert er ihr ins Ohr. „Wir beide lägen ganz allein in einem Boot, mit genug Lebensmitteln für viele Tage und allem, was wir brauchen. Ich würde dich wärmen und dich trösten. Am nächsten Tag scheint dann die Sonne wieder, und es wird eine wunderschöne Reise. Vielleicht kämen wir an eine einsame Insel, dann würden wir ... würden wir ..." Hier bricht Wolters junior seine Erzählung ab, denn seine Phantasie hat eine Richtung eingeschlagen, die sich nicht mehr in Worte fassen läßt, jedenfalls nicht der kleinen Line gegenüber. Noch nicht.

Mischa schaut aus dem Fenster und träumt. Immer wieder sieht sie durch die tropische Blütenpracht den Chief auf sich zukommen, die Arme weit ausgebreitet – aber wenn sie in Gedanken da angelangt ist, wo er sie an sich ziehen müßte, geht er an ihr vorbei und umarmt ein anderes Mädchen, das in Frankfurt auf ihn wartet, und das so sehr seine Gedanken ausfüllt, daß er gar nicht bemerkt, wie Mischa leidet. Als sie nachmittags aufs Schiff zurückkehrt, steht ein großer Blumenstrauß in ihrer Kabine.

„Ist der etwa auch von Ihnen?" erkundigt sich Mischa erstaunt bei Pieter Jong.

Pieter Jong errötet bis unter seine zahlreichen Sommersprossen und schaut zur Seite.

„Von wem denn?"

„Keine Ahnung!"

„Pieter – Sie schwindeln, das sehe ich doch!"

„Also schön, von jemandem, der Sie anscheinend sehr verehrt."

„Und wie heißt der Jemand?"

„Das darf ich nicht sagen. Ich tu's nicht! Und wenn Sie sich auf den Kopf stellen! Der zerreißt mich in der Luft!"

„Na schön." Mischa gibt auf. „Dann sagen Sie meinem heimlichen Verehrer wenigstens, daß ich mich über die Blumen sehr gefreut habe. Ich hätte es ihm lieber selber gesagt."

„Das kommt schon noch", meint Pieter Jong grinsend und macht, daß er aus Mischas Reichweite kommt, um allen weiteren Fragen zu entgehen.

Um fünf Uhr nachmittags sticht die *Aurora* wieder in See. Mischa macht eine Runde über das Schiff, um sich zu vergewissern, daß ihre Gäste gut versorgt sind. Der Swimming-pool ist überfüllt. Irgendwer hat ein Wettauchen improvisiert, und Baker und Wolters junior liefern sich einen erbitterten Kampf um den Sieg und die Gunst Line Brinkmanns. Drum herum stehen kreischend und lachend die Zuschauer und übertreffen sich in Anfeuerungsrufen. Schnell haben sich zwei Parteien gebildet, im Hintergrund werden Wetten abgeschlossen.

Mischa geht weiter. Hier wird sie jetzt nicht gebraucht. Auf dem Sonnendeck trifft sie auf Frau Prager. Die alte Dame liegt in einem Liegestuhl und ist in ein Buch vertieft. Als Mischa vorübergeht, lächelt sie ihr aufmunternd zu. „Besser heute?"

„Ein bißchen schon. Ich gebe mir Mühe."

„Haben Sie Geduld, mein Kind." Sie nickt Mischa noch einmal zu und vertieft sich wieder in ihre Lektüre.

In der Neptun-Bar werden die ersten Drinks genommen. Neben der Tür steht Peter Michelsen und spricht mit dem Chief. Mischa will weitergehen, doch Peter hat sie entdeckt und winkt sie heran. „He, Frau Reiseleiterin, sieht man dich auch mal wieder?"

„Selber schuld, wenn du an keiner unserer Rundfahrten teilnimmst", gibt Mischa zurück.

„Trinkst du einen mit uns? Wir sind gerade dabei, uns aneinander zu gewöhnen." In Peter Michelsens Augen blitzt es hintergründig. „Was möchtest du?"

„Danke, ich habe keine Zeit. Gib mir einen Schluck aus deinem Glas." Mischa wirft ihm einen Blick zu, der seine Temperatur um einige Grade in die Höhe schnellen läßt, der aber eigentlich für den Chief gedacht ist. „Immerhin, daran könnte ich mich gewöhnen. Schmeckt gut!"

In der Rheinländer-Ecke wird es laut. Der Schrotthändler aus

Castrop-Rauxel erzählt seine Reiseerlebnisse in Ägypten im schönsten Ruhrpottdialekt.

Die Runde schweigt teils andächtig, teils betroffen.

Mischa und Peter Michelsen sehen sich an. Ihre Mundwinkel zucken spöttisch.

"Ein gebildeter Mensch!" sagt Peter Michelsen leise.

"Ja, wirklich!" fügt Mischa in gespielter Bewunderung hinzu. "Ein Hang zum Zweitbuch ist deutlich erkennbar."

Der Chief schüttelt den Kopf und sieht Mischa sanft, aber warnend an.

"Nimm die Schlange aus dem Mund, Engelchen", murmelt er so leise, daß nur sie es hören kann.

Mischa stockt der Atem. Ganz leicht hat er sie bei den Schultern genommen, einen Augenblick festgehalten und sanft zur Seite geschoben, als er sich jetzt zur Theke wendet und sein Glas abstellt. Freundlich nach allen Seiten nickend geht er hinaus. Mischa versucht, dieses unbeschreibliche Gefühl, die Berührung seiner Hände, diesen zärtlichen Druck auf ihre Schultern in ihre Erinnerung zu prägen. Aber Peter Michelsen deckt es so lange mit einem Schwall von Worten zu, bis nichts mehr davon übrig ist.

"Hat Fürst Igor dich eigentlich gefunden?" erkundigt er sich schließlich, als er merkt, daß Mischa seinen Erzählungen nur mit halbem Ohr lauscht.

"Fürst Igor? Nein! Was wollte er denn?"

"Er hat sich bitter bei mir beklagt, daß er dich nie mehr zu fassen bekommt. Er möchte unbedingt vor dem Ende der Reise noch einen fröhlichen Abend mit dir verbringen", erzählt Peter spöttisch.

Mischa muß lachen. "Einen feuchten Abend, meinst du wohl." Dann geht sie in ihr Büro. Nachdem sie den Landausflug für den morgigen Tag vorbereitet hat, läuft sie in ihre Kabine, um sich für das Dinner umzuziehen. Auf dem Nachttisch steht eine Piccoloflasche Sekt. Peter Michelsen? Nett von ihm.

Mischa wählt für den Abend das korallenrote Kleid, das wie ein indischer Sari aussieht. Er verleiht ihr etwas Geheimnisvolles, findet sie. Ein breiter goldener Armreif, ein Modeschmuck, den sie in Buenos Aires entdeckt hat, ist die richtige Ergänzung dazu. Ihre langen blonden Haare glänzen.

Mischa ist mit ihrem Aussehen zufrieden, und die anerkennenden Blicke, die sie begleiten, als sie den Speisesaal betritt, bestärken sie darin. Nach dem Essen kommen Peter und der Chief langsam zu ihr herüber. „Tanzen wir?" fragt Peter. „Sie erlauben doch, Tom? Oder beanspruchen Sie die Dame im Augenblick gerade?"

„Im Augenblick nicht, nein. Sagen wir, sie bekommt für eine Stunde Urlaub auf Ehrenwort."

„Ganz schön unverschämt!" knurrt Mischa.

Aber die beiden Männer scheinen sich auf einmal auf eine merkwürdige Art einig zu sein. Mischa kann es sich nicht erklären. Als sie mit Peter allein ist, nimmt sie sofort die Gelegenheit wahr, ein bißchen nachzubohren. „Ihr scheint euch ja plötzlich so gut zu vertragen, der Chief und du?"

„Der Chief? Ach so, ja – nun, wie es einem manchmal so geht unter Männern, man kommt ins Gespräch und merkt plötzlich, daß man doch ziemlich die gleiche Wellenlänge hat."

„Aha. Und die habt ihr. Und du bist ihm nicht mehr böse, daß er mich so schlecht behandelt?"

„Ach, Mischa, weißt du, vielleicht unterschätzt du die Schwierigkeiten seiner Lage. Er muß hier auf dem Schiff für Ordnung sorgen, hat die ganze Verantwortung, bei ihm laufen alle Fäden zusammen. Da muß man wohl einfach hart sein, damit nichts drunter und drüber geht. Wir haben mal darüber geredet. Jetzt verstehe ich ihn besser."

„Das merke ich."

„Außerdem, es gibt da noch etwas, das uns verbindet. Wir haben festgestellt, daß ich die Frau seines Herzens kenne."

„Ach, wirklich?" Mischa bleibt abrupt stehen, und das nächste Paar auf der Tanzfläche läuft hart auf sie auf. „Oh, Verzeihung! Erzähl, Peter, los! Wer ist sie? Woher kennst du sie?"

„Ist doch unwichtig, oder?"

„Na ja, sicher, es interessiert mich aber."

„Ich bin ihr immer nur flüchtig auf einigen Veranstaltungen begegnet. Sie ist hübsch, gescheit ..., du, jetzt mußt du mich aber entschuldigen. Inez hat gleich ihren Auftritt, und wenn ich da nicht neben der Bühne sitze und sie bewundere, ist sie die ganze Nacht über böse mit mir!"

„Oje, das wäre ja furchtbar! Dann beeil dich!"

Peter Michelsen läuft in die Haiti-Halle hinüber. Fast hüpft er wie ein kleiner Junge, dem man einen neuen Fußball geschenkt hat. Diese Inez muß beachtliche Qualitäten haben, wenn es ihn so erwischt hat.

Mischa seufzt abgrundtief. Dann macht sie sich wohl oder übel auf den Weg, um sich endlich um die Schwestern Eulenhagen zu kümmern.

9

Am nächsten Tag legen sie im kleinen Hafen Frederikstad in St. Croix an. Ein Besuch im alten Fort steht für Mischa und ihre Landausflügler auf dem Programm. Nachdem man die englische und französische Version der Inselgeschichte genossen hat, forscht man nun dänischen Einflüssen nach: Häusern im alten Stil und Zeugen dänischer Vergangenheit.

Im alten Fort zerstreut sich die Gesellschaft in alle Richtungen. Jeder will auf seine Weise die Umgebung entdecken. Die Kinder nehmen die Kanonen in Besitz, wieder werden unübersehbare Mengen von Fotos fürs Familienalbum geschossen, die ganz Eifrigen lesen im Reiseführer die ausführliche Beschreibung der Geschichte des Forts nach.

Mischa setzt sich auf einen Mauervorsprung und beobachtet von dort aus das Treiben der Passagiere. Das Lachen, die Gespräche entfernen sich, für eine Weile ist sie allein in dem Innenhof. Sie lehnt sich zurück und schließt die Augen. Ein Augenblick der Ruhe, Sonne auf dem Gesicht, auf den nackten Armen und Beinen. Sie genießt das Streicheln des leichten Windes, der von der See heraufkommt, und weiß, daß sie gleich wieder bestürmt werden wird mit Fragen, mit Witzeleien und dem ewigen Stöhnen über die Hitze. Wie ein Schwarm Hummeln werden sie über sie herfallen.

Plötzlich hat Mischa das Gefühl, nicht mehr allein hier oben zu sein. Sie öffnet die Augen.

Drüben, auf der anderen Seite des Platzes, steht der Chief und schaut auf die Stadt hinunter. Hat er sie nicht bemerkt? Er scheint tief in Gedanken versunken. Seine rechte Hand streicht über das Mauerwerk. Ein Bröckchen löst sich, ein kleiner Stein, Mischa kann es nicht genau erkennen. Der Chief beginnt gedankenverloren auf der Mauer herumzukratzen. Es sieht aus, als schriebe er etwas. Dann schleudert er das Steinchen weit in die Luft. Danach dreht er sich um, lächelt Mischa zu und geht, die Hände tief in die Hosentaschen seiner Uniform vergraben, davon. Die goldenen Streifen an den Ärmeln seiner Jacke und das Zeichen des Merkur blitzen in der Sonne auf.

Eine Weile unterdrückt Mischa ihre Neugierde. Aber dann zieht es sie doch wie magisch zu der Stelle, an der eben der Chief gestanden hat. Flink wie eine Eidechse huschen ihre Augen über die Inschriften auf dem Mauerwerk. Welche ist es gewesen? Die dort – sie ist ganz frisch, weißer Staub markiert die Ränder.

Mischa tritt nahe heran.

Noch fünf Tage, meine Liebste! steht da. Noch fünf Tage, meine Liebste, wiederholt Mischa leise. Es klingt wie eine Zauberformel. Wie sehr muß er sein Mädchen lieben, wenn er ihr solche Botschaften sendet. Eine heftige Traurigkeit überfällt sie. Es ist, als habe jemand einen schweren, schwarzen Mantel über sie geworfen.

Zum Glück tauchen jetzt die hoffnungsvollen Sprößlinge der Familie Hagedans auf und beginnen Mischa mit Bierflaschenverschlüssen zu bewerfen. Hinter ihnen sammelt sich die übrige Gruppe.

Noch fünf Tage, denkt Mischa – auch für euch. Dann werdet ihr in eure graue Stadt zurückkehren, werdet am Abend die Fotos betrachten und euch immer wieder die gleichen Geschichten erzählen, die mit „weißt du noch?" beginnen. Und ich werde bei Papi in der Küche sitzen und ihm bei der Zubereitung eines neuen Gerichts zuschauen. Er wird mich nach der Reise fragen, und ich werde stumm sein und nichts sagen können – weil die Erinnerung zu weh tut. Ich werde mich in die Arbeit stürzen, und irgendwann, eines Tages, wird der Schmerz einschlafen. Der Schmerz, der Tom heißt.

Und ich werde nie wieder an Bord eines Schiffes gehen, schwört sich Mischa. Nie wieder!

Das näher rückende Ende der Reise macht sich bemerkbar. Die ersten Gedanken an die Heimkehr tauchen auf, an das nahe Weihnachtsfest, an die Familie daheim. Drei Wochen lang hat man das alles weit von sich geschoben, hat sich eingeredet, es müsse nun immer so weitergehen. Jetzt ertappt man sich bei Gedanken ans Kofferpacken, beim Überschlagen des restlichen Reisegeldes – und wie und wem gibt man nun eigentlich Trinkgeld?

Und dann die Mitbringsel! Wird der Oma das Tuch nicht zu bunt sein? Ob der Freundin die Kette gefällt? Für die Nachbarin haben wir noch nichts, die Gute, und sie hat doch so rührend jeden Tag die Blumen gegossen, nach der Post geschaut und den Kater gefüttert.

Jan Domsky hat einen zärtlichen Brief von seiner Frau bekommen. So hat sie noch nie geschrieben! erzählt er Mischa. Und alles nur, weil er damals einen sechs Seiten langen Brief verfaßt hat. Während des Schreibens hat er sich an die Zeit vor ihrer Hochzeit erinnert, das muß sie wohl zwischen den Zeilen gelesen haben. Jetzt kann er den Tag der Heimkehr kaum noch erwarten.

In der Crew spricht man schon von der nächsten Reise. Panama-Mexiko-Argentinien-Chile steht auf dem Programm. Am dritten Januar soll es losgehen.

Mischa scheint es, als schlügen die Wogen der Begeisterung in diesen Tagen besonders hoch. Abschiedsfeststimmung schleicht sich ein.

Mischa wird von Tisch zu Tisch gerufen, jeder möchte noch mal mit ihr zusammensein, ihr sagen, daß ihm die Reise gut gefallen hat, und nebenbei ein paar diskrete Fragen stellen – der Zoll, die Trinkgelder, und womit können wir Ihnen denn eine kleine Freude machen? Man hat eine Sammelkasse gegründet und denkt an ein Geschenk zum Abschied.

„Aber wir haben doch noch Zeit", wehrt Mischa ab. „Denken Sie nicht an den Abschied, freuen Sie sich lieber auf den letzten Höhepunkt unserer Reise – Haiti!"

Als Mischa später beim Chief ins Büro schaut, erzählt sie ihm von dem Geschenk-Angebot. „Es ist mir gräßlich peinlich, aber ich kann das schlecht ablehnen, oder?"

„Warum ablehnen? Freuen Sie sich doch!" sagt er einfach.

Am nächsten Morgen um sieben Uhr geht die *Aurora* in Cap Haitien vor Anker. Die Stadt schimmert verführerisch im Morgenlicht, der Hafen ist voller Leben. Kaum ein weißes Gesicht, nur braun und schwarz in allen Schattierungen. Ein letztes Mal genießen sie die üppigen Farben der Märkte, die tropische Vielfalt der Blüten und Pflanzen. Aber viele sehen auch die Armut. Magere Kinder, Bettler, Elendsgestalten.

Auf Maultieren geht es hinauf zur Zitadelle. Langsam bewegt sich die Gesellschaft schwankend im Sattel aufwärts. Die armen Tiere können einem leid tun, denkt Mischa.

Staunend stehen sie vor den riesigen Mauern und hören die Geschichte von der Errichtung der Zitadelle durch zweihunderttausend schwarze Sklaven. Der einheimische Führer erzählt auch dramatische Einzelheiten.

„Grandios!" sagt Mara Wolters und hat damit zum ersten Mal einen neuen Ausdruck in ihr Repertoire aufgenommen.

„Ja, wenn man bedenkt, wie viele dabei umgekommen sind", sagt Herr Lemberger versonnen.

Etwas abseits halten die beiden Schwestern Eulenhagen einem der Maultierhalter einen Vortrag über Tierschutz, den er nicht versteht. Die Hagedansschen Kinder füttern die Mulis mit Süßigkeiten und piksen sie von hinten in den Po. Wenn eines ausschlägt, springen sie jauchzend zur Seite. Es dauert nicht lange, bis die Schwestern Eulenhagen das Spiel bemerken und ihren Zorn nun auf die Kinder richten.

„Wir müssen an den Rückweg denken!" Mischa klatscht in die Hände und mahnt zum Aufbruch, um der Auseinandersetzung ein Ende zu bereiten. „Der Rest des Tages steht zu Ihrer freien

Verfügung. Und bitte nicht vergessen: Abfahrt ist heute bereits um achtzehn Uhr!"

Die Reisegruppe kehrt aufs Schiff zurück, um sich bald danach in alle Himmelsrichtungen zu zerstreuen.

Mischa geht ins Büro des Chiefs, um sich für den Nachmittag frei geben zu lassen. „Ich möchte mich nach einem Mitbringsel für meinen Vater umschauen", sagt sie. „Bisher hatte ich keine Gelegenheit dazu."

„Selbstverständlich können Sie gehen, Engelchen", sagt der Chief, ungewohnt milde gestimmt, wie es ihr schon seit Tagen an ihm auffällt. „Obgleich – eigentlich wollte ich Sie noch um etwas bitten. Ich möchte nämlich auch noch ein Geschenk kaufen. Schmuck oder etwas Lustiges zum Anziehen. Da brauche ich weibliche Unterstützung. Sie haben so einen guten Geschmack, hätten Sie Lust, mir zu helfen? Ich meine, wir könnten gemeinsam einkaufen gehen, wenn es Sie nicht stört."

„Aber natürlich nicht", stottert Mischa verwirrt.

„Dann holen Sie mich in einer halben Stunde hier ab, okay?"

„Okay", haucht Mischa. In ihrem Kopf herrscht ein wildes Durcheinander. Soll sie sich freuen? Soll sie wütend sein, daß er sie braucht, um ein Geschenk für seine Freundin auszusuchen? Es möglicherweise anzuprobieren, weil sie die gleiche Größe hat?

Aller Eifersucht zum Trotz beschließt sie, sich zu freuen. Eine Stunde mit Tom, oder sogar zwei. Eine oder zwei Stunden in seiner Nähe sein, mit ihm reden, ihn ganz für sich allein haben. Egal, was danach kommt.

Der Chief führt sie in eine kleine Boutique, in der es Schmuck, Lederwaren und herrliche bunte Stoffe gibt. Mischa stürzt sich mit einem Aufschrei der Begeisterung auf die Auslagen mit Armreifen, Ketten und Ringen. Der Chief steht mit verschränkten Armen daneben und schaut ihr zu.

„Was mag sie denn besonders gern?" erkundigt sich Mischa.
„Sie liebt alles, was schön ist. Sie mag leuchtende Farben, ausgefallene, seltene Dinge. Ich glaube, in ihrem Geschmack ist sie sehr anspruchsvoll."
„Sie glauben?"
„Nun ja, so genau habe ich das noch nicht erkundet."
„Typisch Mann", meint Mischa kopfschüttelnd und nimmt ein Stück nach dem anderen prüfend in die Hand.
Die Ladenbesitzerin, eine nicht mehr ganz junge Frau mit kaffeebrauner Haut, schaut fragend von einem zum anderen.
Aber Mischa läßt sich Zeit. Einen Augenblick schießt ihr der Gedanke durch den Kopf, für die Nebenbuhlerin etwas weniger Schönes auszuwählen, vielleicht den kitschigen Halsschmuck dort, aber sie unterdrückt die Regung schnell. Schließlich nimmt sie einen breiten silbernen Armreif heraus, der reich verziert und mit Halbedelsteinen besetzt ist. „Den finde ich wunderschön. Ist der zu teuer?"
„Aber nein. Es soll etwas Schönes sein."
Der Chief verhandelt mit der Ladenbesitzerin, und Mischa hat Gelegenheit, sein fließendes Französisch zu bewundern. Er spricht es, als wäre es seine Muttersprache.
„So, und nun gehen wir, etwas für Ihren Vater zu suchen. An was haben Sie gedacht?"
„Gibt es hier Antiquariate? Vielleicht würde ich da was finden?"
„Gute Idee. Kommen Sie, ich kenne da ein Geschäft, einen herrlichen Kramladen. Hoffentlich existiert er noch."
Sie laufen ein paar Straßen kreuz und quer, dann stehen sie vor dem kleinen Laden und starren durch das staubige Fenster, hinter dem sich vom Lampenschirm über alte Satteltaschen und Degen bis zu Büchern und zerlesenen Zeitschriften alles findet, was das Herz eines Sammlers höher schlagen läßt.

„Gehen wir hinein?" Der Chief legt seine Hand leicht auf Mischas Schulter und schiebt sie vor sich her. Mischa reagiert auf die Berührung mit ungewohnter Schüchternheit.

„Ihr Vater ist Professor für Kunstgeschichte, nicht wahr?"

„Ja. Woher wissen Sie das?"

„Veruschka hat es mir erzählt."

Über Mischas gute Laune legt sich ein Schatten. Unschlüssig sieht sie sich um. Aber dann gerät sie an einen Stapel alter Bildbände, beginnt zu stöbern und ist bald so vertieft, daß sie alles um sich her vergißt.

„Hier, Engelchen, was halten Sie davon?"

Der Chief stört sie aus ihrer Lektüre auf und hält ihr einen alten Stich vor die Nase, der die Zitadelle darstellt.

„Genau das ist es! He, Sie haben einen guten Riecher, Tom. Warum habe ich das nicht entdeckt?"

„Ganz einfach, weil Sie gleich ins Schmökern geraten sind und vergessen haben, was Sie eigentlich hier wollten, stimmt's?"

„Ich gebe mich geschlagen. Bücher haben auf mich eine katastrophale Wirkung, ich komme nicht mehr von ihnen los!"

„Trösten Sie sich, ich bin genauso. Und wenn ich Sie jetzt hier mit Gewalt herauslotse, dann nur deshalb, weil ich Lust auf einen Kaffee habe. Kommen Sie mit?"

„Klar. Ein Kaffee ist genau das, was ich jetzt brauche."

Sie finden ein kleines Gartenlokal, das versteckt hinter Häusern auf einer Terrasse liegt und von tropischen Gewächsen umgeben ist. An einem Tisch sitzen ein paar alte Männer, in ihr Kartenspiel vertieft.

Der Chief geht auf einen Tisch in der hintersten Ecke zu, der so von Grün umgeben ist, daß man sich wie in einer Laube fühlt. Ein paar Herzschläge lang keimt eine irrsinnige Hoffnung in Mischa auf, er könne mehr wollen, als ihr zum Dank für ihre Hilfe beim Einkaufen einen Kaffee spendieren.

„Kaffee – oder lieber was Kühles?"

„Sehr gern Kaffee."

Der Chief winkt die Kellnerin heran, ein junges, hübsches Mädchen mit einer Haut wie Vollmilchschokolade und einem knackigen Popo.

„Schön ist es hier!" Mischa lehnt sich behaglich in ihrem Stuhl zurück, als der Chief die Bestellung aufgegeben hat und das Mädchen sich mit wippendem Hinterteil entfernt.

„Ja. Ich habe das Café auf einer früheren Reise mal entdeckt. Ich war nicht sicher, ob ich es wiederfinden würde. Aber meine Spürnase für Plätze, an denen mir garantiert keine Passagiere über den Weg laufen, hat mich auf direktem Weg wieder hergeführt, wie Sie sehen."

„Haben Sie noch mehr solche Geheimtips?"

„Einige. Sie sind die erste, der ich einen verrate. Also behalten Sie ihn für sich."

„Klar!"

„Ob wir jemals wieder hierherkommen?" Der Chief zündet sich eine Zigarette an und schaut versonnen dem Rauch nach, der sich zwischen den Blättern verliert.

„Wie meinen Sie das?" fragt Mischa.

„Nun, es sieht doch nicht so aus, als ob wir noch einmal zur See fahren würden. Sie haben mehrmals betont, daß dies Ihre erste und letzte Reise sein soll, und daß Sie sich nichts sehnlicher wünschen, als auf die Uni zurückzukehren und weiterzustudieren. Und ich werde mich um mein Hotel kümmern müssen."

„Tut es Ihnen leid?"

„Nein. Nicht, seit ich weiß, daß ich nicht allein sein werde."

Der Chief zieht genießerisch an seiner Zigarette und sieht Mischa amüsiert an. Mischa rührt nervös in ihrer Tasse. Ihr fällt beim besten Willen nicht ein, was sie jetzt sagen könnte.

„In fünf Tagen haben wir alles hinter uns, Engelchen", sagt er leise und legt seine Hand auf ihre, was in ihrem Inneren ein leichtes Erdbeben erzeugt. „Soll ich Ihnen etwas verraten? Ich freue mich unheimlich auf ..." Der Chief stockt und schaut Mischa mit einem merkwürdig feierlichen Ernst an. „... auf meine Geliebte", fügt er leise hinzu.

Mischa greift mit beiden Händen nach ihrere Tasse und gießt den Inhalt hastig hinunter.

„Warum sagen Sie mir das, Tom?" Ihre Stimme ist so belegt, daß sie kaum ein Wort herausbringt.

„Ich weiß nicht. Vielleicht, weil ich es einmal aussprechen muß, damit ich nicht dran ersticke. Sie kennen mich, ich rede nicht über mein Privatleben. Ich bin der Meinung, daß man diese Dinge trennen sollte. So lange ich auf dem Schiff bin ..."

„... bin ich immer im Dienst", fällt Mischa ihm ins Wort. Es klingt bitter.

„Ich weiß, daß Sie das nicht verstehen", sagt der Chief lächelnd. „Die meisten verstehen es nicht. Aber eines Tages werden Sie es begreifen."

„Wenn ich alt, grau und weise geworden bin."

„Vermutlich früher. Was werden Sie tun, wenn Sie jetzt nach Hause kommen?"

„Mich gründlich ausschlafen. Mit meinem Vater Weihnachten feiern. Und im Januar vielleicht ein paar Tage mit ihm zum Skilaufen in die Berge fahren. Im übrigen – alle alten Freunde anrufen, viel ausgehen und einen dicken Strich unter die Reise ziehen. Ich habe noch keine festen Pläne."

„Bis Weihnachten bleiben Sie zu Hause?"

„Ja natürlich, warum?"

„Ach, nur so. Ich dachte, Sie führen vielleicht zu Ihrer Mutter."

„Wer hat Ihnen von meiner Mutter erzählt? Veruschka vermutlich."

„Ja." Er nickt.

„Warum interessiert es Sie überhaupt?" fragt Mischa gereizt. „Es kann Ihnen doch egal sein, was ich mache!"

„He! Warum sind Sie so grantig?"

„Vermutlich wollten Sie nur nett sein, ein bißchen freundliche Konversation machen zum Abschied. Mir zeigen, daß Sie doch nicht der unmenschliche Chef sind, als der Sie sich sonst immer zeigen."

„Sie schlagen aber ganz schön zu heute!"

Mischa schluckt. Sie spürt selber, daß sie sich hoffnungslos verrannt hat. Anstatt die Stunde mit ihm zu genießen, baut sie eine Barriere nach der anderen zwischen ihnen auf.

„Es tut mir leid", sagt sie und kauert sich auf ihrem Stuhl zusammen, als ob sie fröre. „Ich weiß auch nicht, was mit mir los ist. Reden wir von etwas anderem. Was werden Sie machen, wenn Sie nach Hause kommen?"

Der Chief antwortet nicht sofort. Die Kellnerin stellt das Radio an, ein gefühlvoller Schlager quäkt herüber. Die alten Männer haben zu spielen aufgehört und erzählen sich frühere Heldentaten. Am Nebentisch hat sich ein Liebespaar niedergelassen, noch sehr jung, sie sehen sich in die Augen und reden kein Wort.

„Ja, was werde ich machen. Interessiert es Sie wirklich?" fragt der Chief.

„Sonst hätte ich nicht gefragt." Ich muß ein Masochist sein, fügt Mischa in Gedanken hinzu, warum mache ich alles nur noch schlimmer?

„Das hängt ganz von ihr ab." Der Chief starrt in die Luft. „Wenn sie ausgehen möchte, werden wir ausgehen, wenn sie zu Hause bleiben möchte, werden wir zu Hause bleiben. Vermutlich werden wir ins Kino und ins Theater gehen, wir werden lange Spaziergänge machen und stundenlang miteinander reden. Wir werden uns vorlesen oder Musik hören, etwas Gutes essen und Zukunftspläne machen. Ich werde alles tun, was sie möchte, nur eines nicht ... Ich werde mich keine Minute mehr von ihr trennen, es sei denn, sie schmeißt mich raus."

So, Mischa, das hast du nun davon. Schlimmer geht's nicht mehr – aber du wolltest es ja unbedingt hören. Mischa atmet tief ein und beißt die Zähne zusammen. „Seien Sie nicht böse, aber ich habe das Gefühl, ich brauche dringend noch einen Kaffee!" sagt sie rauh.

Der Chief bestellt zwei Tassen Kaffee, und Mischa beobachtet wehmütig das Liebespaar nebenan, das sich mit den Augen aufzufressen scheint.

„Geben Sie Ihren Arm her, Engelchen."

„Warum?"

Der Chief antwortet nicht. Er nimmt ihren Arm und legt ihr den Armreif um, den sie eben gekauft haben. „Wirklich wunderschön. Ich wollte nur mal sehen, wie ... wie es ausschaut."

Mischas Arm liegt auf der Tischplatte wie etwas, das nicht zu ihr gehört. Die Hand des Chiefs befühlt Steine und Verzierungen des Schmucks, dabei fahren seine Finger ganz zart und wie zufällig immer wieder über braungebrannte Haut. Die Kellnerin erscheint mit dem Kaffee, aber der Chief scheint sie nicht zu bemerken. Endlich taucht er aus seinen Träumereien auf, nimmt Mischas Hand und küßt sie.

„Danke, Engelchen, daß Sie mir beim Aussuchen geholfen haben. Auf unsere Zukunft!"

„Ja, großer Häuptling. Viel Glück!" sagt Mischa leise und trinkt den Kaffee, als könne sie damit ihre Verzweiflung hinunterspülen. Dann löst sie den Armreif von ihrem Handgelenk und legt ihn vor ihn hin. „Ich muß jetzt gehen. Noch ein paar Besorgungen machen. Bis später."

10

Einen ganzen Tag sind sie noch auf See. Am Abend hat der Kapitän zum großen Abschiedsball geladen. Noch einmal wird sich die *Aurora* mit sämtlichen Superlativen schmücken: von der Blumendekoration über das festliche Dinner bis zur Musik der Band und der Showstars.

Mischa ist pausenlos im Einsatz. Morgen mittag muß das Büro geräumt, müssen alle Abrechnungen gemacht, alle Berichte geschrieben sein. Und von den Passagieren wird ständig nach ihr verlangt. Es ist, als ob alle auf einmal von einem ansteckenden Fieber befallen wären.

Ein bißchen Wehmut, eine Prise Abschiedsschmerz ist aus all dieser Hektik herauszufühlen. Man ist doch so etwas wie eine große Familie geworden. Ihre schwimmende Insel hat sie umschlossen, weit weggetragen von allen Problemen und Sorgen. Nun kehren sie zurück in abgelegte Gewohnheiten, in den Rhythmus eines ewig gleichen Alltags, aus dem auszubrechen unmöglich scheint. Mischa findet in ihrer Kabine ein Abschiedsgeschenk von Bruno. Eine dreistöckige Torte mit einem Segelschiff und einer Möwe aus Zucker obenauf.

„Du liebe Zeit, das sieht ja aus wie eine Hochzeitstorte, Pieter!" ruft sie fassungslos aus und bricht mit dem Finger vorsichtig ein Stück aus der untersten Schicht ab.

Leider kann Mischa nicht weiter mit ihm reden, denn ein weiterer Steward betritt die Szene, um einen riesigen Rosenstrauß abzuliefern.

„Von wem ist er?" erkundigt sich Mischa. „Keine Karte dabei!"

„Weiß ich nicht", erklärt der junge Koreaner lakonisch, „da kommt gleich noch mehr."

Im Laufe des Tages sammeln sich in Mischas Kabine Dutzende von Geschenken und Blumengebinden. Die meisten mit Glückwünschen für die Zukunft versehen, von den Offizieren, von der Crew, von den Barmixern Charlie und Joe, von den Passagieren.

„Ich weiß überhaupt nicht, was ich dazu sagen soll." Mischa steht vor dem Schreibtisch des Chiefs und blickt ihn hilfeflehend an. „Ich glaube, die sind alle verrückt geworden! Ich meine, schließlich bin ich doch nur ein paar Wochen an Bord gewesen. Und die behandeln mich alle, als hätte ich zwanzigjähriges Berufsjubiläum oder ginge in Pension!"

Der Chief amüsiert sich königlich.

„Sie haben gut lachen! Was mache ich denn nun? Muß ich denen allen auch etwas schenken? Ist das so üblich?"

„Unsinn. Freuen Sie sich darüber, Engelchen. Es beweist doch nur, daß alle Sie gern haben und Sie für Ihre Leistung bewundern."

„Ich weiß nicht. Mir kommt das Ganze eher spanisch vor. Vielleicht wollte sich einer einen Scherz mit mir erlauben. Pieter hat da so Andeutungen gemacht …"

„Hat er?" fragt der Chief schnell. Seine Augen verengen sich ein wenig. „Nun ja, vielleicht stimmt Ihr Verdacht. Vielleicht beruht das Ganze auf einer Indiskretion."

„Und was soll ich Ihrer Meinung nach tun?"

„Ganz einfach. Mitspielen! Breiten Sie den Schleier des Geheimnisses über Ihre Zukunftspläne, dann kann sich jeder denken, was er will."

„Na schön", seufzt Mischa.

„Und noch eins", der Chief steht auf und geht zu Mischa hinüber, die – immer noch ein wenig hilflos – an der Tür steht und

auf ihre Schuhspitzen starrt. Mit dem Zeigefinger hebt er ganz leicht ihren Kopf, so daß sie ihm in die Augen schauen muß.
„Freuen Sie sich ein bißchen. Genießen Sie es doch, daß man Sie verwöhnt. Sie haben es verdient."

Jetzt könnte er mich ruhig mal küssen, denkt Mischa. Einen Augenblick hat es fast so ausgesehen, als wollte er es tun. Verdammt noch mal, warum küßt er mich nicht ein einziges Mal! Er muß wirklich aus Granit sein!

„Ziehen Sie heute abend das Armani-Kleid an – mit den dünnen Trägern? Es steht Ihnen so gut."

Ist es zu fassen? Sie verzehrt sich hier vor Sehnsucht, und er redet von Kleidern!

Mischa könnte jetzt eigentlich gehen, aber der Chief hat immer noch seinen Zeigefinger unter ihrem Kinn, als wäre er da festgewachsen. Seine Augen wandern über ihr Gesicht, als prüfe er eine Skulptur auf ihre Echtheit. Wenn sie doch nur ein einziges Mal seine Gedanken lesen könnte! Jetzt zieht er den Zeigefinger weg und legt ihn sich an die Lippen. Dann drückt er ihn ganz leicht auf Mischas Stirn, auf die Augen, auf ihre Nasenspitze und auf ihren Mund. Lächelt, nimmt sie bei den Schultern und schiebt sie zur Tür hinaus.

In Mischa dämmert die Erkenntnis, daß er weniger ein Felsblock als ein ausgekochter Scheißkerl ist.

Kapitän Sommerfeld hält noch einmal Hof. Die festliche Gesellschaft ist an Glanz nicht zu überbieten. Die *Aurora* selbst scheint im Takt der Musik mitzuschwingen.

Mischa wird von Tisch zu Tisch gerufen, muß hier ein Glas mittrinken, dort mit jemandem tanzen.

Adressen werden ausgetauscht, Verabredungen getroffen.

Wie ein Schatten taucht hin und wieder der Chief im Türrahmen auf, läßt sich mal hier, mal da sehen und ist gleich wieder verschwunden. Aber daran hat man sich ja während der Reise gewöhnt.

Peter Michelsen hat Mischa mit Gewalt vom Tisch des Ehepaars Schiller weggeholt und auf die Tanzfläche geschleppt.

„Jetzt bin ich auch mal wieder dran. Dein Diensteifer in allen Ehren, aber gewisse Rechte auf dich möchte ich doch beanspruchen. Fahren wir morgen zusammen zum Flughafen?"

„Gern."

„Du siehst müde aus."

„Wundert dich das?"

„Eigentlich nicht. Ich werde dich während des Heimflugs ordentlich verwöhnen, damit ich dich deinem Vater nicht als halbe Leiche übergeben muß. Nachher verlangt er noch Schadensersatz von uns."

„Von uns? Was meinst du damit?"

„Verdammt! Jetzt habe ich mich verplappert! Komm raus, gehen wir ein Stück an Deck spazieren, dann erzähle ich alles."

„Wirst du jetzt endlich dein großes Geheimnis preisgeben?" Mischa hängt sich bei ihm ein und schaut ihn neugierig von der Seite an. „Ich hatte es schon gar nicht mehr zu hoffen gewagt."

„Ich muß es wohl. Spätestens übermorgen in Frankfurt hättest du es sowieso erfahren." Peter Michelsen legt den Arm um Mischas Schulter und schlendert mit ihr bis zum hintersten Ende der Reling, wo sie niemand belauschen kann. Er schaut sich noch einmal vorsichtig um, dann dreht er sich ihr zu und grinst verlegen. „Ich hoffe, du bist nicht allzu erschüttert, wenn ich dir sage, daß Peter Michelsen mein Pseudonym ist. Mein richtiger Name lautet Peter Michael Weißgans. Ich bin ein Neffe vom Konsul und mit der Führung einiger seiner Unternehmen beauftragt."

„Und kein Journalist?" Mischa hat Mühe, die Neuigkeit so schnell zu verdauen.

„Na, sagen wir: ein Möchtegern-Journalist. In meiner Freizeit versuche ich mich an Reisebeschreibungen und Kabarett-Texten. Außerdem verfasse ich hin und wieder Artikel für Wirtschaftszeitungen."

„Ich bin sprachlos. Und warum die ganze Komödie?"

„Das will ich dir sagen – wenn du mir versprichst, mir nicht gleich die Augen auszukratzen."

„Ich werd's versuchen."

„Niemand auf diesem Schiff sollte wissen, wer ich bin, denn mein Onkel wollte einen unvoreingenommenen Beobachter an Bord haben, der ein bißchen die Augen und die Ohren aufsperrt, ob die Leute zufrieden sind, ob alles klappt, oder ob man das eine oder andere ändern sollte. Du weißt, er ist neu im Kreuzfahrergeschäft, ihm fehlen die Erfahrungen. Er hat zwar eine gut eingespielte, erfahrene Crew, aber trotzdem."

Mischa tritt einen Schritt zurück und betrachtet ihn prüfend.

„Ist es nicht vielleicht eher so, daß du mich beobachten solltest?"

„Aber nein, wie kommst du darauf?" sagt Peter ein bißchen zu betont.

„Also doch. Der Konsul hatte Schiß, ich könnte der Aufgabe nicht gewachsen sein, und hat dich als Feuerwehr mitgeschickt."

„Na, sagen wir, es war ein Nebeneffekt – aber nicht der Hauptgrund. Ich hätte dir notfalls zu Hilfe kommen können, wenn du Schwierigkeiten bekommen hättest. Und ich konnte von meiner Warte als Mitpassagier aus die Ohren offenhalten, was die Leute so über dich sagen, ob deine Art bei ihnen ankommt oder nicht. Wie du siehst, war ich, was das betrifft, völlig überflüssig. Bist du böse?"

„Aber nein. Ich kann's dem Konsul nicht verdenken. Ich war sowieso erstaunt, daß er dieses Risiko mit mir eingegangen ist."

„Mein Onkel läßt sich leicht zu etwas überreden, vor allem von einer so energischen Frau wie Helen. Hinterher kriegt er es dann manchmal mit der Angst. Aber in deinem Fall hat wohl etwas anderes eine Rolle gespielt. Er hat dich sofort ins Herz geschlossen. Und in deinen Vater ist er ganz vernarrt, die beiden haben sich gesucht und gefunden."

Mischa muß plötzlich lachen.

Peter zuckt zusammen. „Was ist los?"

„Ach, ich finde das einfach köstlich. Wenn ich denke, wie sich wochenlang alle auf dem Schiff die Köpfe zerbrochen haben, der Autor welcher großen Erfolgsromane du wohl seist! Und manch einer unserer lieben Reisegäste sieht sich im stillen schon in deinem neuesten Buch verewigt. Komm, großer Schriftsteller, laß uns tanzen!"

„Und du bist mir bestimmt nicht böse?"

„Unsinn. Warum sollte ich?" Mischa zieht ihn ganz schnell mit sich fort.

„Dann bin ich beruhigt. Ich hatte richtig Angst vor dem Augenblick meines Geständnisses. Lach nicht so! Ich habe gedacht, du würdest mir eine gräßliche Szene machen und für den Rest meines Lebens stocksauer auf mich sein!"

Mischa lacht immer noch. In der Tür zum Saal dreht sie sich zu ihm um, nimmt seinen Kopf zwischen die Hände und küßt ihn kurz und heftig auf den Mund.

„Du bist ein lieber Kerl", sagt sie weich. „Ich mag dich."

Natürlich hat es der Chief gesehen. Der Chief sieht alles, was er nicht sehen soll.

„War das nötig?" brummt er ärgerlich, als Mischa an ihm vorbeigeht. „Müssen Sie Herrn Michelsen vor versammeltem Publikum abküssen?"

„Ich küsse Herrn Michelsen *nur* vor versammeltem Publikum ab, großer Häuptling", gibt Mischa übermütig zurück. „Und das aus gutem Grund."

Am nächsten Tag erreichen sie Miami. Die Stunde des Abschieds schlägt. Wie eine riesige Brandungswelle überrollt der Trubel der Ausschiffung die Crew, dann wird es still auf der *Aurora*.

In den Kabinen werden die Betten abgezogen und die Handtücher eingesammelt, auf den Gängen häufen sich die Wäschesäcke. Die Küche wird noch einmal auf Hochglanz gebracht, in den Kühl- und Vorratsräumen Inventur gemacht. In der Zahlmeisterei hockt man über den letzten Abrechnungen, und in den Bars werden die Schränke verschlossen.

Der Kapitän bittet zu einem Abschiedsumtrunk, bevor die ersten von der Crew in den Weihnachtsurlaub starten. Jan Domsky gehört dazu, und der Chief. Er nimmt heute Abschied für immer. Auch Mischa wird nicht mit den anderen am dritten Januar zurückkehren. So stehen sie denn von den anderen umringt nebeneinander und lassen sich Glück für die Zukunft wünschen. Viel Zeit haben sie nicht, gerührt zu sein. Im Hafen warten die Taxis, die sie zum Flughafen bringen sollen. In einem sitzt Peter Michelsen alias Weißgans und sieht ungeduldig auf die Uhr.

„Wollen Sie nicht mit uns fahren?" fragt Mischa den Chief.

„Nein, lassen Sie nur. Ich fahre mit Domsky. Bis gleich."

Glaubt er etwa, sie wolle mit Peter allein sein? Aber was macht das jetzt schon noch aus. In Gedanken ist er sicher bereits in den Armen seines Mädchens.

Auf dem Flughafen treffen sie einen Teil ihrer Reisegäste wieder. Es gibt ein Hallo, als hätte man sich wochenlang nicht gesehen. Mischa sehnt sich danach, in ihren Flugzeugsitz zu fallen und die Augen zu schließen. Der Trubel der letzten Tage hat sie völlig erschöpft.

In einer Telefonzelle entdeckt sie den Chief. Ob er mit Frankfurt telefoniert? Vermutlich – seinem entrückten Ausdruck nach zu schließen. Wir haben uns nicht mal richtig verabschiedet! denkt Mischa. Nun ist es zu spät. Ich werde ihn nicht mehr unter vier Augen sprechen. Hätte ihm gern noch irgend etwas Nettes gesagt. Und etwas Nettes von ihm gehört. Vorbei.

Endlich wird der Flug nach Frankfurt aufgerufen.

„Jetzt brauche ich einen Platz in einer dunklen Ecke, wo mich niemand sieht und hört", flüstert Mischa Peter zu. „Ich sehne mich danach, in Ruhe gelassen zu werden!"

„Keine Sorge, Papa macht das schon. Gleich kannst du schlafen." Peter verhandelt mit der Stewardeß und hat gleich darauf zwei Plätze organisiert, die weit von den Sitzen der übrigen Reisegesellschaft der *Aurora* entfernt sind. Vor und hinter ihnen sitzen Geschäftsleute, in Akten vertieft.

Mischa läßt sich von ihm auf ihren Sitz betten und anschnallen wie ein Kind. Er verstaut ihren Mantel und ihre Reisetasche, legt die Handtasche in Reichweite und empfiehlt ihr, die Schuhe auszuziehen, um sich besser zu entspannen.

„Champagner?" fragt er, als die Maschine gestartet ist.

„Meine gestreßten Nerven verlangen jetzt eher nach einem Glas Wasser. Schlimm?"

„Im Gegenteil. Die Firma wird dir deine Sparsamkeit zu danken wissen."

Mischa kichert, als sie mit ihm anstößt. „Prost, Herr Weißgans! Endlich wieder ganz privat!"

„Prost, Mädchen! Auf daß unsere Freundschaft die Jahre überdauern möge!"

„Das wird sie, da bin ich sicher! Wenigstens ein positives Ergebnis dieser Reise", fügt sie kläglich hinzu, denn ihr ist der geplatzte Abschied vom Chief eingefallen. Mischa gießt hastig den Inhalt ihres Glases hinunter. „Scheiße!" sagt sie inbrünstig.

„Wie bitte? Wem oder was gelten diese harten Worte?" Hinter ihnen ist der Chief aufgetaucht. Er beugt sich zu ihnen, schnuppert an Mischas Glas und bläst ihr übermütig ein bißchen von seinem Zigarettenrauch ins Gesicht.

„Mußt du uns immer noch kontrollieren?" sagt Peter in gespielter Entrüstung.

„Bis Frankfurt bin ich noch im Dienst. Und mein Adlerauge wacht, vergiß das nicht!"

„Wenn Sie bitte in diesem Teil nicht rauchen würden", mischt sich die Stewardeß ein. „Es hat sich bereits jemand beschwert."

„Oh, Verzeihung. Na, ich verziehe mich wieder. Bis später!"

„Ich wußte gar nicht, daß ihr euch duzt", sagt Mischa irritiert, als der Chief gegangen ist. „Ihr seid ja schnell Freunde geworden."

„So ist es." Aus Peters Pokerface ist nichts herauszulesen. „Hast du Hunger?"

„Keine Ahnung. Ich bin zu müde, um darüber nachzudenken."

Doch als das Abendessen serviert wird, futtert Mischa, als habe man sie drei Tage lang hungern lassen.

„Na, siehst du", sagt Peter zufrieden.

„Hm. Typisch für mich. Ich gehöre zu den Leuten, die sich Kummerspeck anfressen. Je mieser ich mich fühle, desto mehr stopfe ich in mich hinein!"

Peter blickt sie besorgt an und verdoppelt seine Fürsorge. Allmählich breitet sich ein Gefühl wohliger Entspannung in ihr aus. Die Reise liegt hinter ihr, alle Arbeit ist getan, fast alles hat geklappt, und man war zufrieden mit ihr. Sie hat ihre Feuerprobe bestanden und allen Grund, stolz auf sich zu sein. Wenn da nur nicht dieser dumpfe, klopfende Schmerz wäre. Diese Angst vor morgen, vor dem Augenblick, in dem sie mit ansehen muß, wie der große Häuptling seine Liebste in die Arme schließt. Ob er sie ihr vorstellen wird? Zuzutrauen wäre es ihm.

Noch ist er da, ganz nahe, Chief Tom. Er ist über seiner Zeitung eingeschlafen, man sieht ihm die Erschöpfung der letzten Tage an. Am liebsten ginge sie zu ihm hinüber, nähme ihm die Zeitung vorsichtig aus der Hand und schliefe, den Kopf an seine Schulter gelegt, ein.

In ihren Träumen wird Mischa von der Arbeit der letzten Tage verfolgt. Ihre Abrechnungen werden nicht fertig, die Blätter geraten immer wieder durcheinander, fallen zu Boden, wirbeln durch die Luft und lassen sich nicht fangen. Sie weiß, daß sie ohne die fertige Abrechnung nicht von Bord gehen darf, aber es sind nur noch wenige Minuten, dann wird die *Aurora* in eine unterirdische Garage verfrachtet und eingeschlossen bis zum nächsten Winter.

Mischa rafft ihre Papiere zusammen und irrt durch die Gänge auf der Suche nach dem Chief, aber kein Mensch ist mehr an Bord.

„Du mußt dich anschnallen! Mischa, anschnallen, wach auf!"

„Sind wir schon da?" Mischa streicht verschlafen die Haare aus dem Gesicht.

„Nein, wir machen einen Abstecher nach New York."

„Soll das ein Witz sein? Ich denke, dies ist ein Direktflug?"

„Möglich, aber die Kiste hat irgendeinen Defekt, deshalb steuern wir den nächsten großen Flughafen an, um in eine andere Maschine umzusteigen. Ist auch besser so."

„Gelobt sei das Zeitalter der Technik. Wahrscheinlich haben wir das Vergnügen, die halbe Nacht auf dem New Yorker Flughafen zu verbringen."

„Kann schon sein. Mach dir nichts draus, immer noch besser als ein tagelanger Irrflug mit Flugzeugentführern. Und so lange uns das Ding nicht unterm Hintern explodiert ..."

„Auch wieder wahr. Ich wollte schon immer mal nach New York", murmelt Mischa gähnend.

„Wir setzen zur Landung an. Schau mal hinaus!"

„Phantastisch! Schade, daß ich von der Pracht nur den Flughafen zu sehen bekomme."

„Du kannst ja ein paar Tage hier Station machen."

„Allein?"

„Vielleicht findet sich jemand, der dir Gesellschaft leistet?"

„Du hast Nerven!"

Auf dem Flughafen werden sie in einen Aufenthaltsraum bugsiert und um Geduld gebeten. Der Chief gesellt sich zu ihnen und organisiert einen Kaffee, der ziemlich dünn schmeckt. Um sie herum dösen die Passagiere schicksalsergeben vor sich hin. Kaltes Neonlicht taucht den Raum in abweisendes Grau. Zwischenhölle, denkt Mischa. Endlich erscheint ein junger Mann von der Fluggesellschaft, begleitet von einer Stewardeß. Die beiden beginnen, auf die Umstehenden einzureden.

„Wartet mal!" Der Chief bahnt sich einen Weg durch das Gedränge und ist kurz darauf zurück. „Weiterflug erst morgen früh möglich. Wir werden in ein Hotel verfrachtet und morgen früh wieder hierhergebracht. Auf Kosten der Fluggesellschaft natürlich. Kommt, wir müssen zu den Bussen. Das Gepäck wird direkt ins Hotel gebracht. Zieh den Pullover an, Engelchen, es ist saukalt draußen."

Verschlafen stapft Mischa hinter den Männern her. Dann stehen sie frierend im Freien. Es dauert eine Ewigkeit, bis die versprochenen Busse da sind und eine weitere, bis der Busfahrer erfährt, zu welchem Hotel es gehen soll und der Bus sich in Bewegung setzt. Auf der Fahrt durch die Straßen, in dem Wechselbad aus Dunkelheit und grell aufflammendem Licht, hat Mischa das Gefühl, immer noch zu träumen.

Das Hotel ist einer jener Kästen mit mehreren hundert Betten, die hauptsächlich für durchreisende Geschäftsleute bestimmt sind.

Der Chief drückt Mischa in einen Sessel und verschwindet

mit Peter, um die Lage zu peilen. Nach einer Weile kommt Peter zurück.

„Sie haben zu wenig Zimmer. Und Einzelzimmer angeblich überhaupt nicht mehr. Tom und ich haben uns zusammengetan, und Frau Prager läßt fragen, ob du mit ihr das Zimmer teilen würdest?"

„Klar mache ich das! Sagst du's ihr? Ich hole inzwischen mein Gepäck."

„Okay, ich bin gleich wieder da und bringe euch den Schlüssel. Die alte Dame ist mal für kleine Mädchen, ich habe ihr gesagt, daß du hier sitzt und wartest. Wir treffen uns in fünf Minuten wieder hier."

Peter stürmt davon, und Mischa geht hinaus vor den Hoteleingang, wo man dabei ist, das Gepäck aus einem Wagen zu laden. Sie durchsucht den Gepäckberg auf dem Bürgersteig, schaut prüfend Stück für Stück an, das die Männer aus dem Laderaum heben, bis der letzte Koffer ausgeladen ist. Kein Zweifel – ihre Koffer sind nicht dabei. Auch das noch!

„Das hat mir gerade noch gefehlt!" stöhnt Mischa. „Und die Sachen gehören mir nicht mal. Helen ist zwar nicht kleinlich, aber trotzdem!"

„Reg dich nicht auf, wenn die Sachen weg sind, haftet die Fluggesellschaft auf jeden Fall. Wenn du die Meinung eines erfahrenen Weltreisenden hören willst: wir werden noch mal zum Flughafen fahren und uns selbst drum kümmern."

Herr Hagedans und Frau Witthorn erklären sich spontan bereit, mitzufahren.

„Also, bitte, dann lohnt sich die Fahrt doch wenigstens. Kümmert ihr euch um ein Taxi, ich sage schnell Tom Bescheid, daß wir noch mal losfahren."

„Hm, New York bei Nacht war immer mein Traum", sagt Mischa und gähnt.

„Übrigens Nacht – ich soll dir bestellen, deine Zimmernummer ist fünfhundertachtzehn. Frau Prager ist schon zu Bett gegangen!"

„Ist gut. Ich werde versuchen, sie so wenig wie möglich zu stören. Die Ärmste wird sich die Heimreise auch anders vorgestellt haben."

Als der Taxifahrer mit quietschenden Bremsen vor dem Eingang zum Flughafen hält, läßt sich Peter Michelsen eine Quittung über einen gesalzenen Betrag geben, um sie später der Fluggesellschaft zu präsentieren. Als sie zum Schalter ihrer Fluggesellschaft kommen, strahlt ihnen der diensttuende Angestellte entgegen, als wäre es elf Uhr vormittags und nicht ein Uhr nachts. „Ah, Miß Schultze, gut, daß Sie noch mal vorbeikommen. Wir haben Ihr Gepäck gefunden. Es ist irrtümlich mit einer Maschine nach Los Angeles weitergeflogen."

Mischa schnappt nach Luft und unterdrückt einen Fluch. „Wie schön für mein Gepäck. Konnten Sie uns das nicht schon vorhin am Telefon sagen?" knurrt sie.

„Da wußten wir es noch nicht", antwortet der junge Mann sanft. „Wir werden dafür sorgen, daß es auf dem direkten Weg nach Frankfurt weitergeleitet wird."

„Also, zurück ins Hotel, Kinder. Und nichts wie ab in die Falle!" erklärt Peter.

Im Hotel zieht Mischa die Schuhe aus und betritt auf Zehenspitzen das dunkle Zimmer. Im Bad brennt Licht, die Tür steht einen Spalt weit offen, gerade genug, um die Umrisse der Möbel zu erkennen und zu sehen, daß die Decke des vorderen Bettes aufgeschlagen ist.

Mischa schleicht zum Bad hinüber und schließt leise die Tür hinter sich. Ruth Prager hat ihr ein heißes Bad eingelassen, wie lieb von der alten Dame! Und daneben steht ein Tablett mit einem Glas und einer Piccoloflasche Sekt. Sogar ihre Reisetasche hat sie ausgepackt und bereitgelegt, was Mischa brauchen wird. Es tut gut, sich so umsorgt zu wissen.

Das erfrischende Schaumbad bringt die Lebensgeister zurück. Mischa läßt noch ein wenig heißes Wasser nachlaufen, dann öffnet sie den Sekt, schenkt sich ein und läßt Glas und Flasche leise aneinanderklingen.

Als sie das Badezimmer nach einer Weile verläßt und sich im dunklen Zimmer zu ihrem Bett tasten will, geht das Licht an.

„Da bist du ja endlich", brummt eine Männerstimme, die keineswegs Ruth Prager gehört. „Ich habe schon gedacht, du wolltest in der Badewanne übernachten."

Mischa erschrickt so, daß sie das Handtuch fallen läßt, das sie sich um den Körper gewickelt hat.

„Bist du verrückt, bei dieser Kälte nackt herumzulaufen, wo du gerade gebadet hast? Na, komm ins Bett, ehe du dir eine Lungenentzündung holst!"

Mischa greift mechanisch nach ihrem Handtuch. Dabei bleiben ihre Augen wie hypnotisiert auf das Bett gerichtet. Sein Gesicht ist im Schatten, das Licht der Nachttischlampe fällt auf den Armreif, den sie zusammen gekauft haben, und auf die auffordernd aufgehaltene Bettdecke.

Sie müßte jetzt etwas sagen. Irgendwas wie „Was machen Sie in meinem Bett!" oder „Wie kommen Sie überhaupt hier herein?" Vielleicht auch: „Was bilden Sie sich eigentlich ein, Sie unverschämter Kerl!" Doch da ihr Gehirn vorübergehend seine Tätigkeit eingestellt zu haben scheint, kommt nur ein ganz kleiner, erstaunter, ein wenig ungläubiger und sehr jubelnder Laut aus ihrer Kehle: „Tom?"

Wie der Flügel einer Glucke schließt sich die Bettdecke über ihr, als sie zu ihm schlüpft und sich ganz dicht an ihn schmiegt. Für eine Weile empfindet sie nur Wärme, Geborgenheit und ein Gefühl unendlicher Erleichterung.

Erst langsam flammen winzige Feuer unter ihrer Haut auf, als er beginnt, mit seinem Mund und seinen Händen auf Erkundungsreise zu gehen. Ganz behutsam macht er sich mit ihrem Körper vertraut, läßt sich Zeit für das zärtliche Spiel mit ihren Ohren, ihren Augen, ihrem Hals und nähert sich – viel zu langsam für ihre Ungeduld – ihrem Mund.

„Wie bist du hier reingekommen?" flüstert sie, als sie wieder zu Atem kommt. „Und was hast du mit der armen Ruth Prager gemacht?"

„Ich bin zum Portier gegangen, habe meinen Finger empört auf die Stelle gelegt, wo die Namen *Michaela Schultze* und *Thomas Schultze-Vestenberg* standen, und ihn gefragt, ob es hier üblich sei, Ehepaare in getrennten Zimmern unterzubringen. Er hat sich furchtbar entschuldigt. Das Trinkgeld brauchte ich dann, um unserer lieben Frau Prager das beste Einzelzimmer des Hotels zu verschaffen."

Mischa küßt ihn zärtlich auf die Nasenspitze. „Ich kann es nicht fassen. Daß du hier bist – bei mir! Und ich habe gedacht, du wärst in ganz festen Händen. Die Frau vom Frankfurter Flughafen, du weißt schon."

„Die hat dir so viel Kopfzerbrechen bereitet?" Der Chief lacht. Es ist ein ganz dunkles, ein bißchen selbstzufriedenes Lachen und sehr, sehr aufregend. „Was du da in Frankfurt gesehen hast, war das Ende einer Geschichte, die nie richtig angefangen hat. Ich erzähle sie dir mal bei Gelegenheit – wenn ich Zeit habe. Und jetzt stör mich bitte nicht, ich bin beschäftigt." Der Chief setzt seine Erkundungsreise unterhalb ihres Halses fort.

Mischa wartet, bis er von ihrer rechten Schulter bis zur Armbeuge vorgedrungen ist, dann wagt sie einen neuen Vorstoß. „Und Veruschka? War sie deine Geliebte?"

„Bist du verrückt?" Der Chief ist so verblüfft, daß er seine hingebungsvolle Tätigkeit unterbricht und sie anstarrt. „Wie um alles in der Welt kommst du auf Veruschka?"

„Ich weiß nicht. Oh, Tom, ich war so rasend eifersüchtig auf euch neulich in Barbados. Ihr wart so vertraut miteinander ... ich ... ich hatte dich noch nie so erlebt. So locker und übermütig. Und außerdem ...", Mischa schaut ihn vielsagend von unten herauf an, „ich kenne meine Freundin Veruschka."

Der Chief seufzt, dann richtet er sich auf und bemüht sich, dienstlich zu schauen. „Also gut. Da du entschlossen zu sein scheinst, mein Liebling, meine große Lebensbeichte zu hören, bevor du dich näher auf mich einläßt, schieß los, frag, was du wissen willst. Aber bitte faß dich kurz. Was den Nachmittag mit Veruschka betrifft – ich hatte allen Grund, zufrieden zu sein. Weil ich nämlich endlich jemanden hatte, den ich nach dir ausfragen konnte. Deshalb mußte ich dich auch loswerden. Na ja, zugegeben, es hat mir auch ein bißchen Spaß gemacht zu sehen, daß du eifersüchtig warst."

„Schade, daß ich nicht gehört habe, was Veruschka alles über mich gesagt hat. Die interessantesten Sachen verpasse ich immer!"

„Hm, interessant war es. Sehr interessant."

Der Chief nimmt die unterbrochene Entdeckungsreise dort wieder auf, wo er vorhin stehengeblieben ist. Aber Mischas Gedanken kommen noch nicht zur Ruhe. Es ist alles so plötzlich gekommen. Es ist alles so neu und aufregend. „Das in Frankfurt war also wirklich ein Abschied für immer? Warum hast du mir das nicht gleich gesagt?"

Der Chief hört nur halb zu, er ist viel zu beschäftigt damit, Kreise aus hauchzarten Küssen auf Mischas linke Brust zu malen.

„Tom! Warum hast du es mir nicht von Anfang an gesagt? Daß sie eine Verflossene ist!?"

„Warum sollte ich. Hast du mich vielleicht danach gefragt? Wie bist du überhaupt auf die Idee gekommen, daß sie meine große Liebe ist?"

„Ich weiß nicht, sie ... sie war so verdammt hübsch ... Das muß mich total gelähmt haben!"

„Komisch. Du bist auch verdammt hübsch – aber ich kann eigentlich nicht behaupten, daß mich das lähmt." Der Chief beschließt, seinen Worten die Tat folgen zu lassen. Mischa schwimmen die Fragen davon, und auch der letzte Gedanke löst sich in rosiggoldenem Nebel auf.

Als sie von ihrer rosa Wolke ganz sanft wieder auf die Erde zurückkehrt und die Augen aufschlägt, lacht sie der große Häuptling Tom zufrieden an. Sein Gesicht ist ganz nahe, und er reibt seine Nasenspitze zärtlich an ihrer. „So, Mrs. Schultze, jetzt darfst du weiterreden."

Mischa braucht eine Weile, bis sie wieder an etwas anderes denken kann als an seine Nähe, aber dann kehrt die Erinnerung an die vergangenen Wochen zurück. Während sie nun ihrerseits beginnt, ihn mit ihren Fingerspitzen und Lippen in Besitz zu nehmen, sprudeln die Fragen aus ihr heraus. „Du, warum bist du auf der Reise so gräßlich gemein zu mir gewesen?"

„Das hast du dir eingebildet! In Wirklichkeit habe ich dich eifersüchtig gehütet wie einen Schatz. Ich habe dich nicht aus den Augen gelassen, habe eine unsichtbare Mauer um dich aufgebaut. Ich habe dich verwöhnen lassen, noch nie in meinem Leben habe ich so viele Leute bestochen und ihnen die haarsträubendsten Märchen erzählt, nur damit sie nett zu dir sind. Bruno – Pieter Jong – und viele andere. Ich habe sie zu meinen Verbündeten gemacht, ich habe dir immer wieder Zeichen und Signale gegeben, aber du hast sie nicht verstanden, du Dummkopf. Du warst so schrecklich verbohrt. Was sollte ich machen?"

„Mit mir reden."

Der große Häuptling lacht. „Versuche dir vorzustellen, was dann passiert wäre. Das Schiff wäre untergegangen. Oder wir wären im nächsten Hafen beide gefeuert worden. Wahrscheinlich beides. Für uns hätte es von dem Augenblick an nur noch uns gegeben – und nichts sonst auf der Welt. Keine *Aurora* keine Passagiere, keine Arbeit, gar nichts. Nur zwei völlig verrückte, alles vergessende, von der Liebe betrunkene Leute. Mischa und Tom. So wie jetzt. Glaub mir, ich mußte so hart gegen uns sein. Gegen mich genauso wie gegen dich. Ist das so schwer zu verstehen?"

Mischa enthält sich lieber ihrer Meinung. Die Erinnerung an seine häufige Zurückweisung ist noch zu frisch. „Du, Tom, als du hier ins Zimmer gekommen bist, wieso warst du eigentlich so sicher, daß ich ja sagen würde?"

„Gefühlt habe ich es von dem Augenblick an, als du mir zum erstenmal deinen Ellbogen in die Rippen gerammt hast. Ich dachte ‚au, verdammt, kann die nicht aufpassen?' und sah dich und wußte ‚das ist sie'. Und ich fühlte, daß es dir genauso ging. Verrückt, nicht? Die Bestätigung habe ich dann später aus deinem eigenen Munde vernommen, mein Schatz. Erinnerst du dich an dein Gespräch an Deck mit Frau Prager? Ich war ganz in deiner Nähe." Der Chief streicht eine Strähne aus ihrer Stirn und schaut sie an wie ein verliebter Kater. „Ich war immer in deiner Nähe."

„Also doch! Scheißkerl! Du warst das, der uns belauscht hat!" Mischa beißt ihn zur Strafe ins Ohrläppchen. Dann schmiegt sie sich noch ein bißchen dichter an ihn. „Ach, großer Häuptling – ich liebe dich. Wenn du bloß nicht immer so ekelhaft zu mir gewesen wärst! Das kann ich nicht so schnell vergessen. Denk bloß an die Nacht mit den idiotischen Abrechnungen!"

„Das war reine Notwehr. Ich mußte dich von Peter trennen.

Nach eurem Erfolg wärst du glatt in der Stimmung gewesen, dich von ihm verführen zu lassen."

„Wäre ich nicht! Außerdem hat Peter mich nie angemacht!"

„Das Risiko wollte ich jedenfalls nicht eingehen."

„Sag mal, wie bin ich in der Nacht eigentlich ins Bett gekommen?"

„Rate mal. Aber deshalb brauchst du nicht rot zu werden. Ich war brav wie ein Engel."

„Und am Strand? An dem Tag, als ich stundenlang im Gefängnis geschmachtet hatte und nur den einen klitzekleinen Wunsch hatte, mit dir schwimmen zu gehen? Konntest du mir den nicht wenigstens erfüllen?"

Der Häuptling läßt sich Zeit mit der Antwort. Er grinst und wird ein bißchen verlegen, dann nimmt er Mischas Kopf in beide Hände und küßt sie so heftig, daß es weh tut. „Mein Kätzchen", sagt er ganz nahe an ihrem Ohr, „du überschätzt offensichtlich, was ein Mann aushalten kann, wenn sein Mädchen halbnackt vor ihm herumtanzt. Ich hatte nur eine Wahl – entweder die Flucht zu ergreifen oder auf der Stelle über dich herzufallen!"

„Warum hast du's nicht getan", seufzt Mischa genießerisch. „Ich habe es mir so gewünscht!"

Der Häuptling stöhnt herzzerreißend über so viel Uneinsichtigkeit. „Liebling! Ich war im Dienst! Und an Bord ..."

„... ist man immer im Dienst, ich weiß."

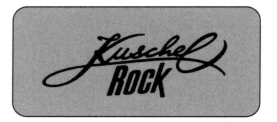

Gaby Schuster
Halt mich fest in deinen Armen!

Angela Schützler
Mit 16 hat man noch Träume

Annette Weber
Ich will nur Dich!

Ursula Wagenhorst
Küsse für den DJ

Gaby Schuster
Wahre Liebe

Helen Hoffmann
Feuer und Flamme

Herbert Friedmann
Schmetterlinge im Bauch

Gaby Schuster
Ein Lied für Dany

Tina Caspari
Traumjob – Liebe inbegriffen

UND ZUM HAPPY-END...

Kuschel Rock 9

FÜR DIE SCHÖNSTEN STUNDEN ZU ZWEIT

**MARIAH CAREY • MICHAEL JACKSON
ROD STEWART • TAKE THAT
BRUCE SPRINGSTEEN • JANET JACKSON
PHIL COLLINS • ROXETTE • U.V.A.**

EINFACH MAL REINHÖREN:

☎ **0190 - 27 29 29**

LEGION DM 1,20 PRO MINUTE

RTL MUSIKEDITION   **BRAVO**   Sony Music   **COLUMBIA**

Ende September '96 kommt KuschelRock 10!